随丘祖西行

寻访长春真人丘处机的西行之路

任勇智　著

陕西师范大学出版总社

图书代号：SK17N0876

图书在版编目（CIP）数据

随丘祖西行 / 任勇智著. —西安：陕西师范大学出版总社有限公司, 2017.7
ISBN 978-7-5613-9418-2

Ⅰ.①随… Ⅱ.①任… Ⅲ.①游记—作品集—中国—当代 Ⅳ.①I267.4

中国版本图书馆CIP数据核字(2017)第177046号

随丘祖西行
SUI QIUZU XIXING
任勇智 著

责任编辑 曹联养
责任校对 蒋小军
出版发行 陕西师范大学出版总社
（西安市长安南路199号 邮编 710062）
网 址 http：//www.snupg.com
印 刷 西安市建明工贸有限责任公司
开 本 787mm × 1092mm 1/16
印 张 15.5
插 页 2
字 数 200千
版 次 2017年7月第1版
印 次 2017年7月第1次印刷
书 号 ISBN 978-7-5613-9418-2
定 价 48.00元

读者购书、书店添货或发现印装质量问题，请与本公司营销部联系、调换。
电话：（029）85307864 85303629 传真：（029）85303879

掀开历史的帷幕

追忆丝绸之路上的沧桑情怀

寻访长春真人丘处机万里西行的历史踪迹

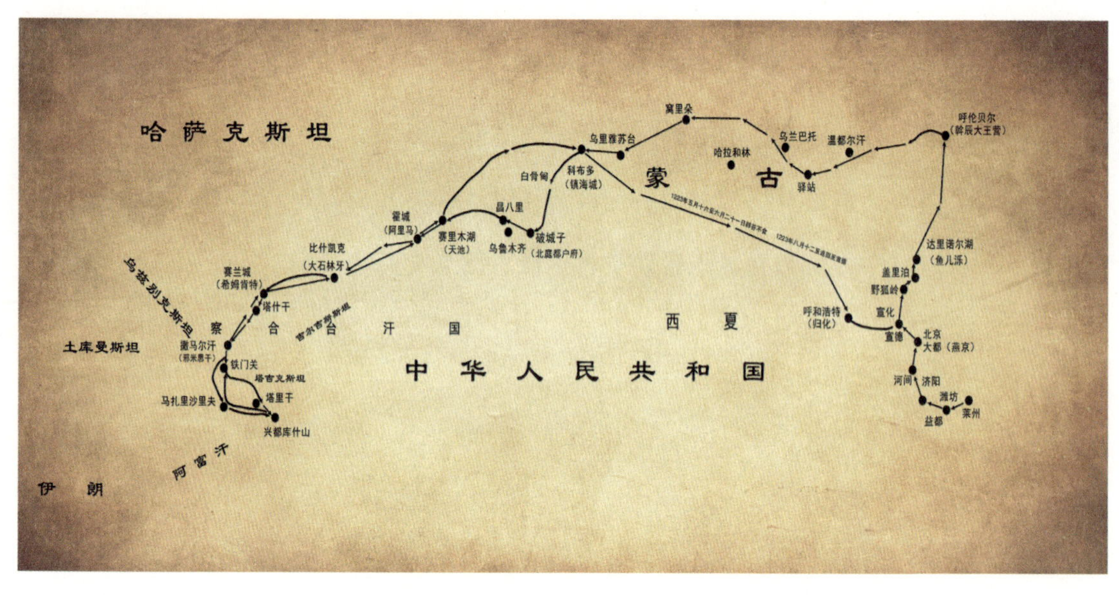

长春真人丘处机西行路线图（摄自北京白云观）

自序

在金庸先生的小说《射雕英雄传》中，全真教祖师王重阳是武林翘楚，全真七子之中丘处机的武功最高。他是一个侠肝义胆、善恶分明的忠勇之士。

那么，历史中的丘处机到底是一个什么样的人呢？本书将带您走进历史，沿着高道大德西行的足迹，来感悟这位被乾隆皇帝称为“济世奇功”的全真高道。

靖康之难（1126）那年，王重阳祖师十三岁。二十二年（1148）之后，丘处机出生。金、蒙古、西夏、南宋割据一方，中原大地战乱不止，生灵涂炭。战争一直持续了近百年，几乎贯穿了全真七子的修道生涯。

老子曰：“六亲不和，有孝慈。国家混乱，有忠臣。”时危见臣节，乱世识忠良。每逢天下大乱，民不聊生之时，普度众生的济世情怀和历史使命感，使得道家人物走出山林，匡扶济世。

在那个民不聊生的黑暗时代，王重阳祖师创立的全真教成了中原人民心灵的庇护所。济世扶弱的全真七子，以他们的博大胸襟和慈爱情怀，给饱受战乱之苦的北宋遗民营造了精神的港湾。

此时，西域诸国战火弥漫，城市变成了废墟，田园荒芜，尸骨遍野，曾经繁华富庶的丝绸之路成了人间地狱。和平似乎已经永远抛弃了这片土地。

元太祖十五年(1220)正月十八日，丘处机应成吉思汗的召请，不顾古稀之龄，开始了长达两年三个月的万里西行之旅。

大济苍生的机会来了，和平的曙光似乎已经撩开云雾，初现端倪。

元太祖十七年（1222）四月五日，两位老人终于在阿富汗兴都库什山见面了。雪山论道后，“敬天爱民”的王道思想在这位一代天骄的心胸中产生了微妙的影响。丘处机的西行是和平之旅、文化之旅、宗教之旅，这是中国道教第一次主动走出去，并在伊斯兰世界和欧洲广为人知，为西方世界认识并接纳东方文明打开了窗口。丘处机无疑是东西方文化交流的重要使者，他在世界文明史上写下了辉煌灿烂的一页。

丘处机的随行弟子李志常，记录了西行之路上的风物人情、山川地貌和历史事件，给今人留下了一部研究十三世纪初期西域历史的不朽之作——《长春真人西游记》。

2012 年我在拍纪录片《全真之路》时，有幸翻阅了《丘处机集》，这本书收录了《长春真人西游记》。我被丘处机的胸怀和功德所感染，那时候就想把这段历经沧桑而又艰苦卓绝的西域游记拍成纪录片。

2013 年 9 月下旬，经过半年的筹备，我终于带领《丘祖西行》纪录片剧组，踏上了西行探访之旅。从山东莱州的大基山出发，途经北京、河北、内蒙古、新疆、蒙古国、哈萨克斯坦、吉尔吉斯斯坦、乌兹别克斯坦等四国（因为阿富汗的局势不稳，故没有成行），用了两年半时间完成了这部八集纪录片的拍摄工作。

这两年半的西行之旅，我不仅用手中的镜头拍摄了旅途中的风景和人物，还用感性的笔触完成了《随丘祖西行》这本游记。漫漫万里西行之路，让我对道家济世利人的情怀和长春真人的胸襟有了更加深刻的认识与感悟。

这本书的篇章顺序没有按照纪录片的拍摄时序来安排，而是根据《长春真人西游记》的行走路线编排的。本书因《丘祖西行》纪录片拍摄而起，故专列纪录片拍摄侧记部分。为了让读者更好地了解 13 世纪初期中国和西域的历史，知晓长春真人西行的历史背景，在这本书的附录中，我对这段历史进行了简单的介绍。

中国道教协会咨议委员会任法融主席，山东师范大学齐鲁文化研究院赵卫东教授，香港锦绣麒麟传媒杨锦麟先生为本书作序，我在此深表感谢。

《随丘祖西行》共42篇，200余张照片。游记以图文并茂的形式展现了中国西部边陲与西域诸国的风土人情和历史遗迹，以一个旅行者的视角和笔触，漫步丝绸之路，探索历史的遗存，追寻古人的足迹，回味远古的故事。

借着国家“一带一路”文化战略的春风，希望这部追寻古代先贤足迹、记录着丝绸之路风物人情的旅行笔记，能成为广大读者开阔视野、认识丝绸之路、了解历史的窗口。

任勇智

2017年7月8日

道文化的践行者——任勇智

文化是事物发展变化的动机和向导，道文化是中华文化的灵魂和根基之一。上古时代是天人合一的文化，其根基则是道。在中华民族文化最鼎盛的春秋时代，诸子百家的思想大放异彩，追本溯源，其核心仍是道。

道文化的核心就是“道德”二字。“道德”从广义上讲，就是“利于众生”。从狭义上说，凡是与人类社会发展进步有益的举措，都属于“道德”的范畴。“道德”是放之四海而皆准，永远颠扑不破的真理。

宇宙之间，大千世界，万事万物都有各自的情理。理从情中来，文由质上生。那么“道德”的“质”和“情”具体表现在哪里？“道德”不仅仅是文化理论，它还是运化万物的唯一能量。老子说：“视之不见，听之不闻，搏之不得。”佛经云：“色不异空，空不异色，色即是空，空即是色。”宇宙之间运化万物的这种能量——“道德”，它永恒存在，亘古不息。正如释家所云：“不生不灭，不垢不净，不增不减。”这种无形无象的能量，科学家称之为“暗物质”。

宇宙之间的事物，都在这一能量运化之中生息繁衍，谁都无法超越冥冥之中的造化。人在干，天在看，地在转，事在变。动物有生老病死，植物有荣枯收藏。事有成败兴衰，人有悲欢离合，吉凶祸福。

孟子曰：“得道者多助，失道者寡助。寡助之至，亲戚畔之。多助之至，天下顺之。”故孔儒曰：“道也者，不可须臾离也，可离也者，非道也。”

宇宙之间有“道德”，天清地宁，日月光明；大地有“道德”，河海静默，山岳稳固；人间有“道德”，刀枪入库，马放南山；国家有“道德”，国运昌盛，百业兴旺；家庭有“道德”，六亲和睦，幸福美满；人身有“道德”，祛病延年，健康长寿。故《易传》云：“积善之家，必有余庆。积不善之家，必有余殃。”

孙中山先生曾说:“有道德始成国家，有道德始成世界。”毛泽东也曾说过:“有关老子讲的这个‘道’，是宇宙之间的普遍真理，老子的《道德经》是一部朴素的唯物辩证法。”

道教是由道文化思想演绎而来的，道文化形成于三皇时代，普及于人类社会则在老子，故称黄老。道教是继承和发扬道文化的平台和载体。纵看中国历史，世道的治乱，国朝的兴衰，都是因为道文化思想的厚与薄而造成的。有史以来，道家的这一文化思想起到了不可估量的作用。商纣之际，帝辛在位。他失道离德，滥杀群臣，残害百姓。姜尚出山，匡扶正义，救百姓于水火之中，辅佐姬周一统天下。秦汉之际，诸侯称霸，践踏生灵。道家人物张良出现，辅佐汉室，缔造了二百余年的西汉王朝。隋唐之际，徐茂功仍以“道德”这一文化思想辅佐李唐王朝，才有了三百年的大唐盛世。历史在发展，社会在进步。及至金元之际，王重阳弘道于陕西关中和山东诸地，他仍以“道德”为基础，以三教合一的理论，创立全真教。全真教的弟子极多，山东栖霞的丘处机最为典型。他仍以“道德”思想为核心，创立了全真教龙门派。他修成正果的唯一方法，就是重道修德。宋代没落之际，金人南下，杀戮成性。一代天骄成吉思汗有一统天下之志，古稀之龄的丘处机应其召请，万里西行，雪山论道。丘处机以“必不嗜杀”“敬天爱民”“清心寡欲”进言，成吉思汗欣然纳谏，为其后的大元王朝奠定了近百年的基业。

人类社会，每遇乱世，争势力而图武。太平盛世，则重道德而修史。自新中国成立以来，党和国家的领导人都很重视道德的修养，尤其重视古老的传统文化。当今之中国，国运昌盛，万民康乐，可谓太平盛世。

今三秦大地，古楼观台，有任氏勇智先生，他童年熟读四书六艺。九十年代以来，又研习道家文化。他考究了道教的历史，对江山易代生灵涂炭之际，道家人物的济世情怀与丰功伟绩尤为钦佩。2013 年他拍摄了纪录片《全真之路》，随后又用了两年半时间寻访了丘处机的万里西行之路。他从山东到内蒙古和新疆，然后又行走了蒙古国、哈萨克斯坦、吉尔吉斯斯坦、乌兹别克斯坦等国，拍摄了纪录片《丘祖西行》。在拍摄纪录片的同时他又写了《随丘祖西行》一书。

《随丘祖西行》这本书史料翔实，内容丰富，图文并茂，读起来赏心悦目，脍炙人口。道文化是人类永恒的探究课题，任氏勇智用他的书和纪录片进一步阐释和宣扬道文化。这是一件善事，功德无量，名留青史。

今草为序，只谈大略，以俟来哲。

任法融

2017年5月9日

追寻丘祖西行足迹　弘扬丘祖济世精神

全真道龙门派祖师丘处机的一生是传奇的一生。在其一生中，最富有传奇色彩的，既不是宁海全真庵拜师王重阳，也不是陕西磻溪和龙门十三年苦修，而是晚年西行面见一代天骄成吉思汗。1219年，成吉思汗在西征过程中听闻丘处机的事迹，被深深吸引，遂派遣特使刘仲禄不远万里至山东征召丘处机。早在刘仲禄到达山东前，南宋与金已多次征召丘处机，但都被他委婉拒绝。当刘仲禄持诏到达山东时，丘处机正在山东莱州大基山昊天观。接到成吉思汗诏书，他审时度势，考虑再三，决定跟随刘仲禄西行面见成吉思汗。第二年春，丘处机带领精心挑选出来的十八位弟子踏上了西行之路。在西行途中，丘处机经过长途跋涉，历尽了千辛万苦，行程过万里，历时两年多，终于到达了成吉思汗在大雪山的行营。在与成吉思汗相处期间，丘处机共为成吉思汗讲道三次，每次都以"寡欲止杀""敬天爱民"相劝，成吉思汗对他极为器重，几乎可以说是言听计从。丘处机东归时，成吉思汗赐予他多项特权，并令他掌管天下道教。

无论是从道教史上讲，还是从整个中国历史上讲，丘处机西行面见成吉思汗都是一件重大的历史事件。它不仅改变了中国道教的发展历程，而且还对蒙元的军事政策产生了重要影响。五百多年后，当清乾隆皇帝听闻丘处机事迹时，仍禁不住称赞他："万古长生，不用餐霞求秘诀；一言止杀，始知济世有奇功。"

那么，丘处机西行面见成吉思汗到底有怎样的历史价值？为什么他能得到乾隆皇帝如此高的评价呢？丘处机西行之旅有以下独特价值：

一、这是一次生命之旅

当年丘处机之所以却宣金宋，以七十三岁高龄，冒着生命危险，西行面见嗜杀成性的一代枭雄成吉思汗，主要原因就是要拯救中原百姓的生命。按照蒙古既定的方略，是要以铁骑踏平中原，中原百姓面临杀戮与奴役之苦。丘处机为成吉思汗讲道时，多次劝其“寡欲止杀”“敬天爱民”。东归之后，又利用成吉思汗赋予的各项特权，广纳亡金士人入道，使他们免于蒙古军队的屠戮与侮辱。这次西行是一次名副其实的生命之旅。

二、这是一次和平之旅

丘处机在西行途中经常以诗言志，曾有诗句云：“十年万里干戈动，早晚回军复太平”“我之帝所临河上，欲罢干戈致太平。”这两句诗充分表明了其西行面见成吉思汗的目的，就是要消除战乱、复归太平。在为成吉思汗讲道时，他又劝说成吉思汗“寡欲止杀”，希望蒙古能以和平的方式收取山东、河北等地。这说明“止干戈，致太平”是丘处机这次西行的重要目的之一，这次西行可以说是一次真正的和平之旅。

三、这是一次文化之旅

正如陈垣和姚从吾两位先生所言，王重阳创立全真道之初，就有借全真道来保全中原文化、保留读书种子的想法，这对丘处机也产生了重要影响。金元之际的蒙古属于游牧民族，与汉民族相比，在文化上处于相对落后状态。丘处机西行面见成吉思汗，也担负着以中原文化教化仍处于蒙昧状态的蒙古民族的想法。他在西行途中曾寄给东方道友一首诗，诗云：“当时发轫海边城，海上干戈尚未平。道德欲兴千里外，风尘不惮九夷行。初从西北登高岭，渐转东南指上京。迤逦直西南下去，阴山之外不知名。”以上诗句“道德欲兴千里外，风尘不惮九夷行”充分表达了丘处机西行的目的。他之所以不畏艰险去蛮夷之地面见成吉思汗，就是想在千万里之外传播中原的道德文化。实际上，他确实也是这样做的。在东归路上，他借打雷之事，劝说成吉思汗在蒙古推广孝道，得到了成吉思汗的首肯与支持。因此，今天我们可以毫不客气地说，丘处机是第一位让中国文化走出去的成功尝试者，传播中原文化也是其西行之旅的一个重要目的。

四、这是一次宗教之旅

丘处机作为一位杰出的宗教家，对于弘扬与传播全真道有强烈的责任感与担当感，这也是其西行面见成吉思汗的重要原因之一。王恽《大元故清和妙道广化真人玄门掌教大宗师尹公道行碑铭》云：“大元己卯岁，太祖圣武皇帝遣便宜刘仲禄起长春于宁海之昆嵛山，闻师为其上足，假道于潍以见之，遂同宣诏旨。先是金宋交聘，公坚卧不起，至是师请曰：‘道其将行，开化度人，今其时矣！’长春为首肯，决意北觐。”以上说明，正是因为尹志平提醒丘处机西行面见成吉思汗有利于“开化度人”，所以丘处机才欣然答应了成吉思汗的召请。另外，商挺《大都清逸观碑》也云：“及南归至盖里泊，夜宣教语，谓众曰：‘今大兵之后，人民涂炭，居无室，行无食者，皆是也。立观度人，时不可失。此修行之先务，人人当铭诸心。’”因西行觐见，丘处机获得成吉思汗赐予的“掌管天下道教”“随处建立道观”等各项特权。丘处机认识到大力弘扬全真道的机会到了，所以在东归途经盖里泊时，他对弟子们讲，要抓住机遇，以立观度人作为第一要务。这说明丘处机时刻都没有忘记自己所担负的弘扬全真道的重任，其欣然答应西行面见成吉思汗，也有依靠蒙古力量来弘扬全真道的考虑。

虽然丘处机西行的历史功绩如此之大，但学术界历来对此没有恰当的评价。长久以来，丘处机西行的历史价值不仅没有得到学术界应有的重视，而且有的学者还站在狭隘的民族主义立场，对丘处机这位富有悲天悯人情怀的宗教家进行肆意地诬蔑与攻击。针对学者们不公正的对待，中央民族大学牟钟鉴教授表达了自己中肯的看法。他认为，丘处机西行可以与唐玄奘西天取经相比拟，甚至比唐玄奘取经更伟大。唐玄奘取经只是引进外来文化，丘处机西行则是至域外传播中华文化，其间的差别一目了然，因此牟先生称丘处机为“中国道教史上的第一人”。记得2003年至2005年间，当我参与由牟钟鉴先生主持的国家社科基金项目“全真七子与齐鲁文化”时，就多次听牟先生提到，他有一个心愿，即希望有识之士能够拍摄关于丘处机西行的纪录片或影视剧，让更多的人了解丘处机西行的伟大壮举，以达到弘扬全真道的目的。为了达成这一心愿，牟先生曾多次向中国道教协会等相关单位提议，但因种种原因，这个心愿一直没有能够实现。

2012年夏，任勇智、陈旭带领《全真之路》纪录片剧组至山东拍摄素材，经陕西户县重阳宫住持陈法永道长介绍，我与两位相识，并担任了他们在山东的向导。在《全真之路》拍摄过程中，我们相识相知，并很快成为挚友。从他们口中我得知，拍完《全真之路》后，他们将继续拍摄《丘祖西行》大型纪录片。我听到这个消息，感到无比的高兴，心想牟钟鉴先生的心愿终于要实现了。但我同时也知道，《丘祖西行》的拍摄比《全真之路》更难，除了需要更多的拍摄经费外，拍摄过程中还涉及多个国家，所以当时我认为《丘祖西行》的拍摄可能是一个漫长的过程。然而，令我没想到的是，《全真之路》拍完之后，任勇智与陈旭就带领他们的团队，克服了一切困难，于 2013 年 9 月做好了一切筹备工作，开始了《丘祖西行》的正式拍摄。他们前后用了三年多时间，八集大型纪录片《丘祖西行》就拍摄完成了。得知这一消息，我在感到惊异的同时，又为他们新添了一部力作而由衷的高兴，也对他们辛勤的付出表示深深的敬意。

为了拍摄《丘祖西行》，剧组足迹几乎踏遍了丘处机当年西行经过的每一个国家。在拍片过程中，勇智兄还拍摄了大量的精美照片，并创作了四十多篇散文，介绍沿途的风土人情、人文景观和道教遗迹，几乎可以与李志常的《长春真人西游记》相媲美。这些散文配以画面，具有极强的艺术效果与文化价值，在多家大型网站和报刊上连载后，得到了读者的一致好评。我看到这些文章，觉得非常有价值，就建议勇智兄结集出版，与《丘祖西行》纪录片一起发行。没想到勇智兄也正有此意，并很快将文章结集为《随丘祖西行》一书，还让我为该书撰写序言。我自知文陋词拙，不堪担此重任，但想到勇智兄拍摄《丘祖西行》的非凡功德，又觉得应该为此尽点心力。因此，不揣浅陋，就丘祖西行的历史价值谈一点自己的看法，并略叙《丘祖西行》纪录片与《随丘祖西行》一书形成始末，聊以为序。

赵卫东

2016 年 9 月 20 日

一位勇智的修行人

认识任勇智纯属偶然。

究竟是如何认识？在哪里结缘？印象似乎已经模糊了，但这并不重要。

真正认识任勇智，是从他负责拍摄制作的《全真之路》开始的，也正是因为这部纪录片，我们终于得缘在北京正式见面。

我不仅被他制作的纪录片吸引了，也被任勇智的实诚与憨厚打动了，之后的交往多了起来，我也分享了他成长过程中很多的故事。

《丘祖西行》这部纪录片，是任勇智的“中国梦”。他曾在终南山下一座农家院子里，在京城一座五星级酒店里，与我分享了他的创作计划。我知道他要拍这部纪录片，既缺少资金，也缺少团队，要圆梦很不简单，也很不容易。

有志者事竟成。

这样一部需要历尽艰辛，跋山涉水，辗转数万公里实地拍摄的纪录片，居然被任勇智和他的伙伴们，以有限的资金投入，极大的勇气与智慧完成了。

《随丘祖西行》是任勇智寻访丘处机西行之路的随笔，也可以视为是工作札记。难得的是这随笔虽是信笔拈来，随手写去，却也是娓娓道来，妙趣横生。只是把它视为是工作札记，或者旅行随笔来看，未免也可惜了，它其实更像是一部对一位史诗般人物的精神与灵魂的刻画。

我们中的很多人，至今仍对 800 年前丘处机走上西行之路，在中亚和西域地区传递和平讯息的事迹知之不多，知之不深。任勇智制作的《丘祖西行》纪录片，以及《随丘祖西行》这本书，足以让所有读者可以补上这一不可遗忘、不可或缺的历史课。

我曾有机缘随勇智一起，向其令堂请安。他对长辈的孝顺，对家人的呵护，对左邻右舍的恭敬，给我留下深刻印象。但凡孝顺的、谦虚的人，总能有各自的成就，对此我深信不疑。

任勇智为人谦和，但也具备了三秦子弟的楞劲，认准了方向，就一门心思往前闯，无论遭遇到多大的困难，多大的危机，多大的障碍，多大的挑战，他总会想方设法去面对它，战胜它，努力地把各种不可能变成可能，我很欣赏他的这种态度。

《新唐书·侯君集传》云："智者乐立其功，勇者好行其志。"勇于任事的任勇智，也是一位勇智的修行人，他用自己的努力实现了重走丘处机西行之路的梦想，我敬佩他的这股劲头。这本图文并茂的《随丘祖西行》值得推荐，值得一读。

杨锦麟

2017年5月6日

目录

附录　长春真人西行简介

卷一

从山东到北国

从莱州到燕京

2013年9月20日，这是一个值得纪念的日子。经过半年的精心筹备，《丘祖西行》终于就要开拍了。中秋节刚过，剧组一行人从古城西安出发，去千里之外的山东莱州。那里是丘处机当年万里西行的始发地。

2013年9月22日，晴，莱州大基山。

山东莱州市城东十公里处有一座海拔并不高的山，它的名字叫大基山。此山呈半环状，四周群峰环绕，故又称掖山。《掖县志》："掖水出焉，中为邃谷曰道士谷，刘长生修真处也。"这里是全真七子刘处玄（1147～1203，刘处玄号长生子）的家乡，他于承安三年（1198）在大基山谷中修建了昊天观。

◆ 山东莱州·昊天观（任勇智摄。本书其他未署名图片均为任勇智所摄）

◆ 七真殿

远看这座山没有什么特色，一进山谷才发现此处别有洞天。山下有湖，湖边有道院，山谷之中树木参天，溪流潺潺，是难得的清修之地。重阳祖师的七个弟子都谙熟诗书，精于书法，他们平时在这里谈经论道，吟诗作赋，山中留下了许多摩崖和石刻。

我们拜谒了七真殿，院子里还有一眼清泉，泉水很旺。院中的两通石碑——《道教源流宝经》引起了我的兴趣，它对于研究道教的历史脉络有着非同寻常的意义。

拾阶而上，行不多远，抬头望见昊天观掩映在参天古木之中。昔人已去，唯有古观留存。殿前的那块石桌，当初的七子可否在此品茶论道。沿山路盘旋而上，一路上有楼有亭还有几处大殿，错落有致，层次分明。上到山顶，回身远望，竟然发现对面山峰的半山腰处有一座高塔，塔下有一处道院。走了大半天的路，人已累得气喘吁吁，看见了对面山腰间的景致，让人又有了前行探访的动力。

南宋绍熙二年（1191），丘处机从陕西重阳宫回到家乡，乡人在他的号召下修建了太虚观，四方道众云集在他的周围，信众日盛。丘处机教化信众，设坛斋醮，他经常徜徉在栖霞太虚观、潍坊玉虚观和莱州昊天观。

◆大基山风景

元太祖十四年（1219）四月他来到昊天观。让人意想不到的是，小小的大基山昊天观一时间竟然成了诸国关注的焦点,几个国家的使者争相前往的地方。丘处机刚到昊天观，金国的皇帝就派来使者请他去开封。八月李全和彭义斌两人奉南宋皇帝之命前来请丘处机出山，十二月刘仲禄带来了成吉思汗的诏书。大家都觉得丘处机的选择应该非金非蒙,谁知丘处机看了成吉思汗的诏书之后,竟然应允了这位蒙古大汗的召请。

丘处机的这一选择决定了全真教的命运。前途无法预知，路只有走下去才能看清前途。此时全真七子硕果仅存丘处机，振兴全真教的重任就落在他一个人的肩上了。

刘仲禄寻访丘处机颇费周折。元太祖十四年（1219）五月一日奉成吉思汗之命从新疆额尔齐斯河畔出发，一行人走了七个月才来到了山东。当时的山东为南宋控制，南宋与蒙古是盟国。刘仲禄在益都府安抚司官吴燕和蒋元的引见下见到了丘处机的高足李志常。李志常又带他到潍坊见到了尹志平，三人一同到大基山昊天观拜见了丘处机。

元太祖十五年（1220）正月十八日，七十三岁的丘处机带着他的十八个弟子离开了昊天观，二月初到达济阳。

刘仲禄和丘处机一行必须经过河北才能到达蒙古人控制的燕京。河北当时被金人占据，金国与蒙古是敌对国家，要经过河北诸地只有靠武力强行通过了。于是刘仲禄率兵直取衡水的深州和武邑,随后他又安排人在滹沱河修了一座桥,丘处机一行这才顺利到达燕京。

2013 年 9 月 23 日，剧组一行由莱州到济南，然后直奔河北省赵县。

金大定十五年（1175），郝大通于赵州行乞时突有所悟，于赵州桥下苦修六年，人称“不语先生”。

我们到赵县的时候正好下雨，阴雨连绵的赵州桥倍显凄凉，瓢泼大雨在桥面跌碎成水花，水顺着桥面滚滚而下。行走在桥上，裤腿一会儿就全湿了。雨下得很大，桥下的河水明显涨起来了。想当年，郝大通稳坐于赵州桥下，形同

◆ 大基山中的道观

◆ 大基山中的道观

大基山上的道观

槁木。河水上涨，漫过膝腰，他不为所动，最后竟然安然无恙。

丘处机于元太祖十五年（1220）二月二十二日到达燕京，他们一行过卢沟桥，由丽泽门入宛平城。

9 月 24 日，一大早，剧组直奔卢沟桥。

离开赵县的时候，天一直在下雨，路上就担心卢沟桥那边的天气。老天有眼，到了卢沟桥的时候，西沉的太阳破云而出，永定河上的卢沟桥沐浴在夕阳余晖下，庄严雄壮的身躯倒映水中，如水墨画般的美景将人带到远古的回味之中。

傍晚时分，夕阳在天际间留下一抹红晕，宛平城上空一轮明月若隐若现。卢沟晓月，多么富有诗意的情景。大雨初晴，凹凸不平的桥面上还有积水，天边的余晖在积水上洒下点点金光。

这座修建于金代的古桥曾让意大利人马可·波罗崇拜不已，称它是“世界上独一无二”的石桥。桥上有 501 只形态各异的石狮子，它们在默默地守护着京畿门户——宛平城。

流逝的岁月在石头桥面上留下了斑驳陆离的身影，一座古桥记录了一部中华民族的沧桑历史。

卢沟桥

燕京访道

元太祖十五年（1220）二月二十二日，丘处机来到了燕京，当地官员在宛平城丽泽门前夹道相迎。“道士具威仪长吟其前。行省石抹（石抹明安）公馆师于玉虚观，自尔求颂乞名者日盈门。凡士马所至，奉道弟子以师与之名，往往脱欲兵之祸，师之道荫及人如此。”（《长春真人西游记》）

当地的官员同丘处机过从甚密，宣抚王檝（字巨川）与丘处机以诗会友，一唱一和，相得益彰，两人结下了深厚的友谊。这为丘处机在当地广收门徒救助百姓大行方便之门。

2013 年 9 月 24 日晚，剧组抵达北京白云观。

北京城里的玉虚观我们没有找到，昌平倒是有个玉虚观，不过那是明代修建的。我们来到了西便门外的白云观。这座道观始建于唐代，历尽千年，几易其名，历朝历代都有修葺。元太祖十九年（1224）二月丘处机从西域回到燕京，成吉思汗让其在此主持道教事宜，这里就成了中国道教的中心，丘处机的最后时光也是在这里度过的。

白云观占地一公顷有余，坐北朝南，主要殿宇位于中轴线上，包括山门、灵官殿、玉皇殿、老律堂、丘祖殿、三清阁等建筑，配殿、廊庑分列中轴两旁。

丘祖殿格外引人注目，大殿之中供奉着这位让人敬仰的高道大德，两边的墙壁上有西行的泥塑，记录着这位古稀老人和他的弟子长途跋涉，万里西行会见成吉思汗的艰辛历程。其中的场景有高山大川，有沙漠、戈壁、森林、湖泊，人物造型各有特色，给香客和游人留下了直观的印象。据说丘处机仙逝后，他的灵骨就安放在大殿之下。一进丘祖殿，人的心立刻沉静下来。祭拜老神仙之

◆ 燕山中的道观

后，环顾四壁的西行雕塑，让人对这位龙门祖师顿生敬意。

丘处机在燕京期间经常设坛斋醮，为民祈雨解旱。同时他还在玉虚观元宝堂传戒，广收门徒，使全真教的支脉在这里得以生息繁衍。燕京附近的禅房山自古以来多洞府，是很好的清修之地。丘处机同燕京的官僚和文人雅士多有来往，他们在风景秀丽的禅房山吟诗作赋，一唱一和，不亦乐乎。1220 年五月份丘处机去龙阳观度夏避暑。八月初他又应宣德州元帅移剌公的邀请去了朝元观，在那里度过了中秋节。十月天气暂凉，冬天将至，于是丘处机决定在龙阳观过冬了。

赤城县北面的山里有温泉，冬天是个很好的休闲之地。丘处机选择龙阳观过冬应该再好不过了，他们在这里又待了四个月时间。

◆ 白云观丘处机西行雕塑

◆ 白云观丘处机西行雕塑

我们去赤城县地界寻找龙阳观三次，却怎么也找不到这座传说中的道观。《长春真人西游记》中所说的朝元观现在已经成了宣化区的一处住宅小区了。在赤城县的三天里，我们找到了一处修建于悬崖上的道观——朝阳观。刚进庙门，遇一神殿，里面供奉着三位神仙，左边一位头戴礼帽，身着白色的蒙古袍，正襟危坐。右边的一位身着紫色的蒙古袍，身后还背着一把宝剑。崖洞里供奉着真武大帝，其造像着装与汉地不同。观里有一古碑，上面的记录与丘处机有关。

◆ 赤城县朝阳观壁画

◆ 朝阳观真武殿

河北的北部曾是古代边塞之地，是游牧民族与农耕民族的过渡地带，这里的地名大多带“营”和“屯”字，有浓郁的屯边守疆色彩。山野里无人看守的烽火台随处可见，宣化城外长长的望不到边的古城墙尚在修复之中，市中心的钟鼓楼前车来人往，鸡鸣驿的大旗在城头随风飘扬。这就是古时候的塞外边陲给二十一世纪的世人遗留下来的历史财富，我们还有什么理由对古人的慷慨馈赠置若罔闻，随意破坏呢？

◆ 燕山上的烽火台

自从丘处机来到燕京之后，他在此地逗留了将近一年时间。这段时间老神仙的日子倒也清闲自在，似乎忘记了成吉思汗的召请。

成吉思汗给丘处机下了诏书之后就去西讨花剌子模了。丘处机如果要去见他，只能沿着西征的道路去追赶。而成吉思汗西征的速度远远超过这些全真道士行进的速度，路到底要走多远？谁也不知道。丘处机打算在此地等候成吉思汗西征归来，所以他没有贸然出行。他给成吉思汗写了一份情真意切的书信，表达了自己的想法。

“……盖闻车驾只在桓抚之北，及到燕京，听得车驾遥远，不知其几千里。风尘澒洞，天气苍黄，老弱不堪，窃恐中途不能到得……。念处机肯来归命，远冒风霜，伏望皇帝早下宽大之诏，许其可否……”

不久成吉思汗的诏书到了：“云轩既发于蓬莱，鹤驭可游于天竺。达摩东迈，元印法以传心；老氏西行，或化胡而成道。顾川途之虽阔，瞻几杖以非遥。爰答来章，可明朕意。……”成吉思汗面见丘处机心切，一定要他去西域会面，丘处机此时才决定前往西域。

元太祖十六年（1221）二月八日，那是个天气晴朗的日子，丘处机带着十八个弟子一路北上，开始了万里西行之路。

北度草原

元太祖六年（1211）八月，蒙古军队与金国军队激战于张北县野狐岭。

“金兵四十万，阵野狐岭北，木华黎率敢死士，策马横戈，大呼陷阵。帝麾诸军并进，大败金兵，追至浍河，僵尸百里。”（《元史·木华黎传》）

元太祖十六年（1221）二月十一日丘处机路过野狐岭的时候，看到了战场上的累累白骨。这些久处中原的全真道士为战争的残酷和血腥所震撼。十年过去了，战士的遗体依然没有被掩埋，任风吹日晒。

2013 年 9 月 30 日，阴，野狐岭。

野狐岭就在长城边上，几十公里的山丘连绵不断，这里是兵家必争之地。

◆ 野狐岭

◆ 野狐岭上残缺的长城

◆ 盖里泊

最近的战斗就发生在抗日战争时期，附近有烈士陵园。

进入内蒙古的地界，眼前的风景与内地大不一样了。山已不见了踪影，连绵起伏的土丘一个连着一个，没有边际。牧民们在地里收获着甜菜，金黄色的草原上，四方形的草垛一眼望不到边，那是牧民们为家畜过冬储备的草料。一团团白云从头顶一直排列到天际，苍穹之下白云朵朵，金黄色的草原广袤无垠，这是一个油画般的美丽世界。秋天的内蒙古绝对是个值得旅行者神往探求的地方。

我们要去的第一站是太仆寺旗，那里有个盖里泊，是丘处机当年在蒙古停驻的第一站。

秦朝的马政管理机构叫太仆寺，锡林郭勒盟有个地方正好叫太仆寺旗，二者应该有必然的联系。秦的先祖非里子为周孝王养马，秦人对马在战争中的作用有深刻地认识。秦国之所以能战胜六国，就在于其有强大的骑兵。“马者甲兵之本，国之大用”（《后汉书·马援列传》）。骑兵是一个国家的重要兵种，所以马自然就成了国家的战略储备,西北边陲之地也就成了朝廷的战马供应地。

10 月 1 日，晴。

早上从太仆寺旗出发的时候询问了当地人，弄清楚了盖里泊的位置，一行人就出发了。可是一直到中午也不见湖泊的影子，我们怀疑走错了路。太阳西沉的时候，在草原深处好不容易遇到一辆车，赶紧上前询问，那人说我们曾经路过的盐碱滩就是盖里泊。于是同那人一起返回。

这就是盖里泊？书上说盖里泊明明是一大湖泊，现在怎么就成了白花花一大片的盐碱滩呢？

我们将车开到一处山包上，广阔的盖里泊一览无余。泊里一片雪白，不见半点水的影子。一个牧羊人赶着自己的牛羊缓慢地走着。枯黄的野草被风吹得折弯了腰，那群牛羊时隐时现。

“天苍苍，野茫茫，风吹草低见牛羊。”此情此景，让人想起了这首古老的北朝民歌。美丽的蒙古大草原，进入视野里的都是美景，此时此刻用这首古老的诗歌表达心中的感慨再贴切不过了。

《黑鞑事略》：“出居庸关，过野狐岭更千余里，入草地，曰界里泊。其水暮沃而夜成盐。客人以米来易，岁至数千石。”

这里又该说说古代的盐政了。自夏商周以来，盐是历代王朝专控的商品，也是朝廷重要的税收来源。“盐铁之利，所以佐百姓之急，足军旅之费，务蓄积以备乏绝，所给甚众，有益于国，无害于人”。（桓宽《盐铁论》）

◆ 蒙古草原上的马群

◆ 成吉思汗陵

◆ 大兴安岭里的河流

◆ 达里湖

◆ 呼伦湖

广袤的草原不仅养育着成群的牛羊，盖里泊还盛产食盐。家畜的肉、皮毛和食盐用来交换内地的粮食和生产工具，不可多得的盐业给脆弱的草原经济注入了新的生机。

“三月一日，出沙陀，至鱼儿泺，始有人烟聚落，多以耕钓为业。时已清明，春色渺然，凝冰未泮。”（《长春真人西游记》）

2013 年 10 月 2 日，晴，达里诺尔湖。

鱼儿泺就是今天的达里诺尔湖，蒙语的意思是“大海一样的湖泊”。它位于内蒙古克什克腾旗，是内蒙古的第二大内陆湖。

《蒙古游牧记》写道：鱼儿泊盛产滑子鱼，每年三四月间滑子鱼自达里诺尔溯流而上，河里的鱼太多了，以至“填塞河渠，殆无空隙，人马皆不能渡”，所以起名“鱼儿泊”。

我们一行人到达里诺尔湖的时候正值中午，湖边有高地，站在上面，达里诺尔湖的身影一览无余。湖面波澜壮阔，远处隐隐约约起伏的山峦应该就是湖的对岸，现在才明白蒙古人为什么把“湖”叫“海子”了。湖水很清，层层波浪由远而近，涛声阵阵。行走在绵软的沙滩上，凉凉的湖水舔舐着脚丫，旅途的疲惫顿然消失。天上白云朵朵悬在头顶，似乎伸手就能抓住。远处有一群牛要到湖边去喝水，它们必须经过一处水洼，有几只小牛跟在母牛的后面，小心翼翼地在水中走着，那样子十分可爱。

呼伦贝尔当时是成吉思汗幼弟斡赤斤（斡辰大王）的封地，丘处机在宣德州的时候，斡辰大王派阿里鲜邀请丘处机去呼伦贝尔。丘处机他们离开宣德州，一路向北，来到了斡辰大王的营地。他们在此受到了盛情款待，这位斡辰大王其实想让丘处机给他讲道，后来因种种原因没有如愿。丘处机一行在这里休养时日，然后一路向西南而行。

10 月 6 日，雨，呼伦湖。

一个大湖挡住去路，这就是呼伦湖，内蒙古第一大湖泊。克鲁伦河从蒙古国肯特山东部一路向中国边境款款而来，这条河流由新巴尔虎右旗流入我国境内，最终在草原深处找到了自己的归宿。“积水成海，周数百里”，形成了今天的呼伦湖。蒙古人的驿道就在河边上，每七十里左右置一驿站，这条驿道直通草原帝国的首都——哈拉和林。

丘处机一行沿着克鲁伦河向西南而行，元太祖十六年（1221）四月中旬他们到了今天的蒙古国地界。

◆ 成吉思汗陵

◆ 纪录片《丘祖西行》剧照

卷二 蒙古国

乌兰巴托

2015年7月28日，雨。

八点三十五分坐上了国航由北京飞往蒙古国首都乌兰巴托的航班。十一点五十分，飞机降落在乌兰巴托成吉思汗机场，外面下着小雨，温度只有15℃。北京那边还是桑拿天，我们在这里享受到难得的凉爽。

◆ 通往乌兰巴托的公路

◆ 图拉河

通关很顺利，蒙古国立大学的温德华教授接待了我们。一行人住在中国大使馆附近“北京街”上的 FLOWER HOTEL。温教授说，这条街道是中国政府援建的，所以就叫“北京街”。中国大使馆规模宏大，坐落在北京街边上。街口有中国常见的牌坊，街心还修建了亭子，供市民纳凉休息。

晚饭间大家商量着明天的出行计划，要买五个睡袋，帐篷已经有了，明天再买点路上吃的东西。一路上可能没有人家提供住处，酒店更是奢望。所以只有带帐篷，自己做饭吃了。

租了两辆越野车，两个司机都是经常跑草原有经验的老手。我们要拍摄的是丘处机当年从今天中国国境进入蒙古的克鲁伦河。明天一大早，开车一路向东方，去八百公里之外与中国接壤的乔巴山，需要两天时间。

丘处机一行应该是元太祖十六年（1221）五月初到达乌兰巴托的。那个时期的乌兰巴托仅仅是个蒙古人的居住区而已。因为一生逐水草而居，游牧民族没有定居的习惯。蒙古人修建城市的行动应该始于元太祖二十二年（1227）后的窝阔台，哈拉和林才是蒙古人修建的第一个城市。

◆ 成吉思汗广场

今天的乌兰巴托始建于1639年，这个城市只有三百多年的历史。乌兰巴托（ULAANBAATAR），原名库伦，蒙语为“宫殿”之意，其实是为活佛修建的行宫。蒙古国的国土面积比中国的新疆略小，人口不到三百万人，而且多半人居住在乌兰巴托，真应了《诗经》上那句名言，“京畿千里，维民所止”。

◆ 乌兰巴托街景

寻找蒙古人的母亲河

2015 年 7 月 29 日，晴。

蒙古国人的游牧情结似乎一直挥之不去。这里的路修得不好，可是路上的车却好得让人羡慕。八缸陆地巡洋舰、雷克萨斯 570 入眼率很高，宝马 X5 和路虎只能算小字辈了。

开车的有高大的壮汉，也不乏年过半百的老者，苗条少女更是不甘落后，大家似乎都对大型越野车情有独钟。蒙古人把车当马骑，汽车在路上开起来风驰电掣，根本不在乎它值多少钱。在道路状况如此不理想的国家，没有越野车要出远门真的寸步难行。我们租了两辆陆巡，车龄至少在十五年以上，不过车况还算好。

出城不到二十分钟就看到了草原，乌兰巴托城市规模并不大，被几座小山包环绕着。山包之外还有居民散居在丘陵深处。这个季节是蒙古最美的时候，

◆ 乌兰巴托通往温都尔汗的公路

草很绿，头顶上白云缭绕，云层很低，似乎一伸手就能触及。远处的山岭有落叶松从山峰上散漫地一直延伸到草原边上。

东南而行，五十六公里到了索金包勒多格。远远地看见一座雕像在阳光下熠熠生辉，那是蒙古国的精神领袖——成吉思汗。这位蒙古国的英雄目光炯炯，凝视远方，精神抖擞，策马持鞭。2008 年，蒙古人开始为他们的精神领袖建造引以为傲的工程。这座 40 米高，250 吨重的不锈钢雕像是世界上迄今为止最高大的成吉思汗雕像。传说成吉思汗小时候在这里捡到了一条马鞭，国家为纪念这位蒙古民族的英雄，在此地修建了他的雕像，供后人来瞻仰纪念。

又行了五十公里，看到一条河从山谷中缓缓流过，它在平坦的草原上转了一个大弯，然后向东方流去，消失在草原深处的丘陵后面。温德华教授说，这就是克鲁伦河，它一路往东流向中国。当年，丘处机一行就是沿着这条河从中国一路走到蒙古来的。

2013 年 10 月份，我们到达内蒙古新巴尔虎右旗，在那里看到了呼伦湖，然后再沿着克鲁伦河一直走到了中蒙边境线上的一个叫克尔伦的小镇。我在小

◆ 乌兰巴托市

◆ 成吉思汗雕像

镇的制高点遥望着克鲁伦河尽头的蒙古国，那时候畅想着什么时候我能像川流不息的河水一样不受阻拦一直走到河那边的蒙古国。今天，我终于看到克鲁伦河了，心里有种暖暖的感觉。

继续前行，在路边上发现了蓑羽鹤，在草原深处能见到这么大的鸟儿，让本来就酷爱拍鸟的我们惊喜不已。蒙古人很喜欢这种大鸟，蓑羽鹤在夏天来到这里恋爱生育，冬天再到中国和印度过冬，它在中国属二级保护鸟类。一对对蓑羽鹤带着它们的小宝宝在草原上漫步觅食，在这个美丽的季节里，它们在享受着草原上难得的温暖时光。

蒙古的夏天只有三个月，过了八月就进入冬天了。只有等到来年的六月份，草原才能见到绿色。

今天的目的地是温都尔汗（现在城市改名为成吉思汗），这个中国人应该不会陌生的城市。晚上八点下榻温都尔汗酒店。

2015 年 7 月 30 日，晴。

今天的目的地是东方省的乔巴山。一大早从温都尔汗出发，不到五分钟就出城了，这个城市并不大。

今天阳光明媚，天朗气清。温都尔汗到乔巴山的路才开始修，出城一个小时后柏油路就没有了，只有沿着车辙在草原上跑。陆巡在草地上风驰电掣，速度已经接近七十公里了，车子依然很平稳。现在终于明白为什么蒙古人喜欢开高大的越野车了。行走在丘陵纵横的草原上，除了骑马，就只有这大排量的越野车可以畅行无阻。

在草原深处，牛羊马儿在悠闲自在地吃着鲜嫩的青草，午后的阳光给草原带来了些许的暖意，这些生灵们有的在草地上打盹，有的似乎在凝神静思。吃草喝水睡觉是它们每天都要做的事情，吃饱青草了，它们会成群结队地去远处找水喝。游牧民族逐水草而居的本领其实是跟这些生灵们学的，动物是人的老师，它们知道哪儿有水，哪儿的草很肥。草地上不时出现这些可爱的生灵，枣红色、白色、杂色，这些移动着的色彩同绿色的草原形成别具一格的画卷。

人行走在广袤无垠的草原上，渺小得可以忽略不计。视线里的美景已经把深居城市的我们融化了。躺在温暖的草地上，头顶白云袅袅，温风送爽，草儿的清香萦绕在四周。此时人已经没有了思想，草原的美丽和深邃把人的心魂给摄去了。

草地上的白腹鹞（草原上的猛禽，与鹰相似）很多，这些草原上的守护者大多形单影只，它们高傲地站在隆起的土包上视察自己的领地。对于我们这些不速之客，孤傲清高的草原隐士似乎不屑一顾，任长焦镜头狂拍，给足了我们面子。

今天我们又见到了蓑羽鹤，这段路上竟然发现了五群。蓑羽鹤距离我们最近的时候不到十米。蒙古人喜欢这些大鸟，所以它们总是与人类保持着亲近的距离。

一对草原赤狐竟然在路边觅食，当我们停车欣赏它的时候，它却害羞地走掉了。最后它停在不远处，蹲在那里与我们对视。

下午 4 点的时候，我们看到了一条河。温德华教授说那就是克鲁伦河。温

克鲁伦河

◆ 白腹鹞在巡视着自己的领地

都尔汗到乔巴山的路不是沿着这条河走的，只有到了乔巴山的时候才能看到克鲁伦河。

乔巴山是东方省的省会，这个城市就在克鲁伦河边上。乔巴山以前曾叫“克鲁伦”，1941 年为纪念英雄乔巴山才改名。二战时这里是战略要地。刚进入城区就发现路边陈列着二战时期的坦克和装甲车，旁边有苏维埃红军骑兵的雕像。那个骑士骑着战马腾空而起，他手举马刀，英姿飒爽。

1939 年在中国的海拉尔，日本的关东军同苏蒙军队发生了为期四个月的战争。在朱可夫和乔巴山的领导下，苏蒙联军给不可一世的日本关东军以重创。这里在当时是战争的后方基地，现在还能看到苏联军队遗留下来的军营，它是那个时代的特殊印记。

乔巴山距离中国国境只有一百多公里。丘处机一行于元太祖十六年（1221）四月十七日从斡辰大王的呼伦贝尔驻地出发，经过了呼伦湖，沿着克鲁伦河踏入蒙古国境。他们于夏至到达此地，那时候的乔巴山应该是个居住区。

“又行十日，夏至。渐见大山峭拔。从此以西，渐有山阜，人烟颇众，皆以黑车白帐为家。其俗牧且猎，衣以韦毳，食以肉酪。男子结发垂两耳，妇女冠以桦皮，高二尺许，往往以皂褐笼之。”“俗无文籍，或约之以言，或刻木为契。”（《长春真人西游记》）

夏至这天，丘处机一行终于见到人烟。令人吃惊的是，这些草原深处的原住民竟然过着没有文字、结绳记事的原始生活，他们以车辆和帐篷为家。“遇食同享，遇难争赴，有命则不辞，有言则不易，有上古之遗风焉。”（《长春真人西游记》）

这里有必要说说蒙古的文字。《史记·匈奴列传》上说“（匈奴人）毋文书，以言语为约束”。从蛮荒时代一直到十三世纪初，蒙古人“俗无文籍，或约之以言，或刻木为契。”

《蒙鞑备录》写道：“鞑之始起，并无文书，凡发命令，遣使往来，止是刻指以记之。为使者，虽一字不敢增损，彼国俗也。”

草原上的众多湖泊是动物们的天堂

◆ 草原上的蓑羽鹤

“长春至蒙古时，其国尚无文字，故言其俗无文籍也。长春去蒙古后，仅数年，畏吾尔文即传入蒙古，为一切官牍所用。”（张星烺（历史学家））

成吉思汗西征时获得了乃蛮国的掌印官回鹘人塔塔统阿。他命令塔塔统阿教授太子和蒙古诸王用畏兀儿字书写蒙古语，蒙古人这时才有了自己的文字，学界称其为回鹘式蒙古文。

至元六年（1269），元世祖忽必烈令国师八思巴另制八思巴文，颁行“蒙古新字”，回鹘式蒙古文曾一度受到限制。虽然禁令屡下，但蒙古人仍以畏兀儿字母为正宗。元代后期，回鹘式蒙古文又逐渐通行起来。

克鲁伦河在西汉时是匈奴左贤王的驻地，它在蒙古的历史上有着非同寻常的意义。这条蒙古人的母亲河发源于肯特山南麓，经乔巴山一路向东进入中国，绕过内蒙古新巴尔虎右旗，最后注入呼伦湖。

1179 年，十七岁的成吉思汗就是沿着这条河，带着彩礼去迎娶美丽的孛儿贴。这位宅心渊静、禀德柔嘉的女子，最后成为蒙古帝国的国母。

蒙古塔塔尔部落在此放牧，乞颜部落也曾在此生活。成吉思汗的父亲也速该在克鲁伦河边被塔塔尔人毒死。父亲死后，部落里的人弃孤儿寡母而去，这个勇敢坚强的女人——成吉思汗的母亲带着四个孩子在克鲁伦河边以渔猎为生。成吉思汗最困难的儿童时代就是在这里度过的，他的故乡情结难以割舍。据说成吉思汗每当有重大军事行动都要来克鲁伦河边小住时日，这位伟大的军事天才或许在这条河边得到了长生天的额外眷顾。

传说他死后被埋葬在克鲁伦河畔，英雄逝后总算魂归故里。

信仰如水

2015 年 8 月3 日，晴。

东戈壁省的省会城市赛音山达是蒙古国的第四大城市，人口不足一万。有铁路和公路同中国二连浩特相通。

今天我们参观了城区附近的喇嘛庙，这里是蒙古的香巴拉——蒙古人的精神家园。喇嘛庙附近竟然有一座火山，说是山其实并不高，大概不到 20 米吧。地面上堆积如山的黑色石头形状怪异，石头并不重，上面千疮百孔。土是红色的，太阳火辣辣地蒸烤着大地，植被很少，周围没有水源。让人觉得奇怪的是，赛音山达在蒙语里的意思是“好水池”，而这里却是蒙古国最干旱的地方。

◆ 赛音山达的喇嘛庙

佛塔

平地上突然出现一条怪石嶙峋的沟，那沟也许是火山喷发时岩浆冲出来的。沟很深，里面还有浅浅的洞——温德华教授说那是僧人们苦修的地方。有一个山洞里还有佛像，香客在里面祭拜，留下了米、糖果，还有钱。

风吹得经幡呼呼作响，地面上不时扬起尘土，让人睁不开眼睛。庙里游客不少，大家都很虔诚，行长跪礼，在佛祖面前闭目呢喃，将自己的心愿与佛祖诉说，希望能得到神的启示。

几个女喇嘛在念经，经文是用藏语写的，她们的穿着与西藏的僧人无异。这些出家人都上过佛学院，懂藏文。温德华教授请求女僧人为我们摸顶，僧人很爽快地答应了，临行时还送给我们每人一包熏香。

大殿前面有铁铸的香炉，形状与国内道观或者寺院的一模一样，院子的铁门上竟然有两个大大的太极图。

◆ 佛塔前的铜狮子

1222年四月到八月，丘处机与成吉思汗在阿富汗兴都库什山论道，“敬天爱民”这一民本思想被写入《扎撒》（蒙古的第一部法典）。从此以后长春真人的高足们出入王廷，成了蒙古帝国皇室成员和贵族子弟的启蒙老师。

1253年忽必烈出征大理，在六盘山会见了八思巴大师。他受到佛祖的感化，对佛教极为推崇。

于是大元帝国道观林立，寺院遍地。

佛教在西域消失了一千多年，却在东方的蒙古草原上遍地生花。尽管蒙古勇士罪过累累，但还是被佛陀的慈悲胸怀所感化。几个世纪以来，佛循循善诱，润物无声，他一直在感化启迪着这些尚武好勇的草原部落。尊道贵德，以慈悲为怀，敬畏虔诚让野蛮与刚烈变成了善良和仁爱，顿悟了人生真谛的蒙古人复归于纯朴静谧的草原，享受着长生天赐予的快乐和自由。

◆ 火山遗址

草原帝国

广袤无垠的蒙古高原上有个野性彪悍的民族，一千多年来，她一直让中原帝国神经紧张，寝食不安。

《史记·匈奴列传》："匈奴，其先祖夏后氏之苗裔也，曰淳维。唐虞以上有山戎、猃狁、荤粥，居于北蛮，随畜牧而转移。……逐水草迁徙，毋城郭。……毋文书，以言语为约束。""夏道衰，而公刘失其稷官，变于西戎，邑于豳（陕西彬县）"。

匈奴的先祖是夏朝主管农业的官员，夏朝没落时，他带领族人来到了陕西的彬县，在此地繁衍生息，他的子孙就是后来触动中原王朝神经的匈奴。匈奴的先祖没有教会自己的子孙稼穑耕耘，最后抛弃了农耕文明，过上了逐水草而居的游牧生活。

◆ 牧马人和他的牛羊是草原上的一道风景

匈奴成为让人畏惧的势力，第一次出现在历史上，是在周朝的先祖古公亶父时代。古公亶父被豳地的戎狄打败，远走岐（陕西岐山）下，后来周武王才把戎狄驱逐回原住地。西周的最后一位君主周幽王沉湎酒色不理国事，为博得褒姒一笑，不惜烽火戏诸侯，他最后被犬戎杀死在骊山脚下。

中国的史书是如此描述这个强悍的北方邻居的。《史记·匈奴列传》中说："儿能骑羊，引弓射鸟鼠，少长则射狐兔，用为食。士力能弯弓，尽为甲骑。""匈奴之俗，以马上战斗为国，战死，壮士所有也，虽然犹有威名。有事则以攻战为务，闲暇则以田渔为生。" "凡出师，人有数马，日轮一骑乘之，故马不困弊。" "元起朔方，俗善骑射，因以弓马之利取天下。"

随后匈奴逐渐强大起来，其疆域向北方的蒙古高原不断扩张，匈奴及其后人与中原王朝的冲突时断时续，来自北方的侵扰几乎贯穿着整个封建社会。

公元前三世纪，强大的匈奴帝国在蒙古高原上崛起，他的领袖就是冒顿单于。匈奴左贤王居住在克鲁伦河边，右贤王居住在杭爱山和乌里雅苏台附近。匈奴与草原南边的中原帝国或和亲或归附或战争，一直持续到西汉和东汉。

前秦建元十年（374），漠北的匈奴人渡过伏尔加河逐渐向西方扩张，于是欧洲人的噩梦开始了。为躲避攻无不克的匈奴骑兵，欧洲人索性开始了大迁徙，东西罗马战火连绵，生灵涂炭。匈奴人先后打败了阿兰人、西哥特人，让罗马和日耳曼人陷入极度恐惧之中。

北魏太武帝拓跋焘延和三年（434），阿提拉成了匈奴王。不久，他将匈奴王国的辉煌推向极致，其疆域东到里海，北到北海，西到莱茵河，南到阿尔卑斯山。欧洲人给他起了个绰号——上帝之鞭。目空一切的阿提拉对绵延800余年的古罗马文明提不起一点兴趣，他的眼里除了金银珠宝，就是烧杀抢掠。阿提拉去世以后，匈奴帝国分崩离析，它所占有的领土又回归到欧洲人的手里。

当阿提拉在欧洲攻城略地的时候，中国进入了南北朝时期。在此之前的魏晋时期，中原的北方就已经乱成了一锅粥。漠南的匈奴后裔趁乱而入，中原的北方换了主人。

天下大乱，人民流离失所，代表中原正统文化的儒学精英都纷纷南迁，北方地区岂不沦为文化沙漠?

与阿提拉不同的是，这些匈奴的后人对中原文明趋之若鹜，倍加推崇。北朝以中原的典章法制来立官治国，对华夏文明的重视和推崇不亚于淮河对岸的南朝。刘渊（汉赵）和苻坚（前秦）尊儒，拓跋焘（北魏）崇道，石勒（后赵）礼佛。北朝的上层贵族与汉人通婚，改汉姓，说汉话，穿汉服，立太学，农耕稼穑成为国家的经济支柱。当孔武有力的蛮夷饱读诗书，满腹经纶时，他焕发出了勃勃的生机，他的文韬武略和丰功伟绩远远超越了自己的祖先。

第一个力挽狂澜的人就是刘渊。《晋书·刘元海载记》："汉高祖以宗女为公主，以妻冒顿，约为兄弟，故其子孙遂冒姓刘氏。"单于的后人刘渊自幼在洛阳学习儒家经典和《孙子兵法》，后来他在山西建立了汉（其侄刘曜改国号为前赵，史称汉赵），公元 316 年前赵灭掉了西晋。公元 351 年，氐人苻健在陕西建立了前秦政权，到苻坚在位时统治了中国的北方。前秦之后，拓跋氏的北魏政权又成了中国北方的主人。493 年魏孝文帝迁都洛阳，大兴改革，移风易俗，促进了鲜卑民族的封建化和民族融合。

"毋文书，以言语为约束"的草原人，逐渐被中原文化同化，融入王朝更迭的历史洪流之中。尽管此后王国的兴衰此起彼伏，因为有了文化上的认同，所以华夏文明的根基在历史的长河中屹立不倒，人类的文明和智慧也在吐故纳新，觉悟启迪着曾经的蛮夷戎狄!

于是，在血与火的交汇中，中华民族的大融合迈开了沧桑而悲壮的步伐。

突厥、回鹘汗国之后，蒙古草原又陷入了部落纷争的混乱局面。直到三百年后成吉思汗的出现，蒙古草原又复归统一。

1206 年，成吉思汗统一了草原上的各个部落，建立了蒙古帝国。1218 年，西辽国被蒙古人吞并。1219 年，二十万蒙古军队西征花剌子模国，从此拉开

◆ 蒙古大帐

了一代天骄征服欧亚的序幕。随后这位英雄的儿孙们率领英勇善战的蒙古骑兵横扫亚欧大陆，建立了疆土面积达三千万平方公里的超级帝国。

强悍的蒙古骑兵用他们的马刀和长弓开疆拓土，这些“衽金戈死而不厌”的草原勇士让整个世界望风披靡、畏之如虎。700 多年前匈奴王阿提拉在欧洲掀起的恐惧还没有被人们遗忘，现在“上帝之鞭”又一次横扫了欧洲。

成吉思汗很慷慨地把他的国土分封给四个儿子，可是酗酒、纵欲，再加上连年的征战让这些彪悍的草原勇士积劳成疾，他们还没有享受到帝国的辉煌与繁荣，就英年早逝，遗憾九泉了。

也许是因为这些匈奴的后裔杀戮过甚，长生天再也没有给他们扩疆拓土的机会，毕竟嗜血好战并不是人类的向往，战争也不是推动历史进程的唯一方式。

物壮则老，盛极而衰，任何事物发展到了尽头就必然要走下坡路。一个国家也是如此，谁也摆脱不了历史的宿命。

大元帝国的末期，成吉思汗的子孙们似乎忘记了祖先的遗嘱和蒙古扎撒，为了各自的利益不惜同室操戈，兄弟相残。内耗以及无休止的争斗让各个汗国元气大伤，日渐衰落。曾经让整个世界望而生畏的草原帝国也摆脱不了盛极而衰的命运。历史再次证明，依靠血缘关系维系起来的分封制是经不起时代的考验的。

窝阔台汗国（1225 ~ 1309）的陨落拉开了这个草原帝国崩溃的序幕，紧接着伊利汗国（1256 ~ 1335）、察合台汗国（1222 ~ 1402）先后消失了。钦察汗国（1242 ~ 1502）存在的时间最长，最后还是被伊凡三世率领的俄罗斯军队所灭。于是成吉思汗最伟大的遗产缔造了今天的俄罗斯。（《草原帝国》[法]勒内·格鲁塞著）

散落在世界各地的蒙古人由于在数量上处于绝对的劣势，很快就被其曾经统治过的欧洲人、波斯人和突厥人同化了。他们有的皈依了伊斯兰教，有的信仰了聂思脱里教。

元朝的最后一个皇帝元顺帝（1320 ~ 1370），虽然在位时间比较长，但当朱元璋领导的农民起义军风起云涌的时候，曾经战无不胜的元朝军队毫无抵抗之力。起义军兵临燕京城下，元人不战而退，最终又回到了草原深处。曾经金戈铁马驰骋世界的蒙古人又回到了生养他们的草原，他们皈依在佛祖的膝下，重新品味着逐水草而居的游牧生活。

也许，广袤的草原就是他们的最终归宿。

草原上的丝绸之路

在蒙古高原上，有一条连接着中国和西域诸国的道路。生活在这里的游牧民族，斯基泰人、匈奴人、突厥和蒙古人是天生的旅行家，经过几个世纪的探索他们找到了一条完全不同的路，它是迄今为止人类发现最早的欧亚之路。这条古老而漫长的道路将闭塞的蒙古高原同中国文明、地中海文明、印度文明还有伊朗文明连接起来，这就是草原丝绸之路，它也是一条承载着宗教和文化传播使命的朝圣之路。千百年来这条古道命运多舛，由于国家之间的战争，它中断的时候总是比畅通的时候多。在和平年代，它为脆弱的草原经济带来了急需的物资，维系着这个游牧民族最低限度的需求。这条丝绸古道具有极其重要的战略意义。所以从汉武帝一直到忽必烈时代，一千多年来人们一直在最大限度

◆ 蒙古草原上的路

◆ 南杭爱省乌央戈苏木附近的喇嘛庙

地维持着它的畅通。

蒙古在成吉思汗建国的时候，它的驿道很发达，连接着各个汗国，通向世界各地。驿站每隔七十里就有一座，驿站里生活用品应有尽有，马匹骆驼牛羊车辆，来往官差、信使、道士、僧人住的房间，完全就是一座设施齐全的客栈。

丘处机当年沿着驿道，也就是草原上的丝绸之路，一路走到阿富汗兴都库什山。现在距离丘处机西行已经过去了快八百年了，蒙古人似乎一直对远古的游牧生活有挥之不去的怀旧情结，二十一世纪的今天，这个国家的道路似乎依旧没有多大变化。从乔巴山到科布多这段路长春真人走了四个月，我们一行人 8 月 3 日从乔巴山出发，两辆越野车跑了六天时间。

蒙古草原上的路有多少条？可能谁也说不清。蒙古没有高速，最好的道路如同中国的三级公路，即县道。即便是县道也没有多少。看看蒙古地图上那些屈指可数用黄线标注的道路，那就是最好的公路。这些路仅仅分布在蒙古国的东部。

从中国的二连浩特到乌兰巴托有铁路和公路相连，那条双向两车道的路算是最好的公路了。另一条铁路从乔巴山到俄罗斯，那是苏联时代修的。蒙古的省会城市之间少有像样的公路，我们从东部的乔巴山到达西部的科布多市，一路上几乎全在草原和戈壁滩上跑。草原上的土路纵横交错，没有路标，难辨东西。向左走，还是向右走全凭感觉。要向人问路需要等大半天时间，那还得看运气。在草原上有车辙的地方就是路，看着太阳确定方位，只要方向没有问题，基本都能到达目的地。

道路状况不好，车必须得力才能畅通无阻。所以蒙古的路上陆巡很多，没有见过草原戈壁滩上有奔驰和宝马敢来撒欢儿的。我在蒙古看到过各种款式的陆巡，有车龄超过三十年的，还依旧在草原上奔跑如飞。

蒙古的司机都是多面手，路不好太费车，所以他们的后备厢里备用件很多，甚至包括轴承这样的大家伙。在草原上车发生故障了，司机都得自行解决。我们的两辆车轴承坏了两次，爆了一次胎。这要换成我，只能打电话呼叫救援了。可是在草原深处，手机根本没有信号，距离最近的苏木（类似于中国的乡镇）也有七八十公里路程。长期的行车经验练就了蒙古司机高超的修车技术。轴承坏了，他们马上就能给故障定位定性，然后不慌不忙、井然有序地换上新配件，不到半小时，汽车又在草地上撒欢儿了。

蒙古人把车当马骑，路况再坏，他也敢去。我们去森林深处的湖泊，要翻几座山，然后再下到山谷底的深沟里。那路太危险了，我是绝对不敢坐车的。可是蒙古司机硬是在石头之间左冲右突，把车开到了湖边。

蒙古人在修路了，这是个可喜的现象。

从阿尔泰到科布多有中国的工程公司在修路，一路上看见大型的工程机械在施工。中国重汽、柳工机械和山推工程的车辆来回穿梭，我们看到了熟悉的中国面孔。也许不久以后，横穿蒙古国东西部将会有双向两车道的公路相连，那时候再穿越蒙古草原应该比较舒畅吧。

镇海城科布多

2015 年 8 月 9 日，晴，科布多。

科布多，是蒙古国的西部城市，它在清朝时是中国西北边疆重镇。1869 年 9 月 13 日，中俄签订《科布多界约》，将原属科布多的一部分划给了俄罗斯。科布多是大清帝国难以割舍的痛，伤痛还没有痊愈，噩梦紧接着来了。辛亥革命以后，蒙古脱离中国的藩篱，自立门户。今天，它还像浪子一样在四处游荡。

元太祖十六年（1221）七月下旬，一位山东老人来到这座古城，他就是长春真人丘处机，他们一行人受到了成吉思汗的两个妃子和汉人工匠的欢迎。他的弟子在科布多东面的山上修建了一座道观——栖霞观，并且记述了这座城市的地形地貌和风土人情，给我们留下了这座城市的原始风貌。

科布多那时候的名字叫镇海城，蒙古人称作“八剌喝孙”，即城中有仓廪

◆ 科布多山丘上的敖包

◆ 科布多东边的赤色山丘上寸草不生，当初的栖霞观可能就建在这座小山上。

的意思。《元史·镇海传》：“怯烈台氏，太祖命屯田于阿鲁欢，立镇海城戍守之。”这座城其实就是成吉思汗西征的物资供应基地。此地水量充沛，植被丰茂，土地肥沃，宜于种植粮食。丘处机一路上遇到的都是草原和戈壁滩，来到此地后，看到如同中原地区的庄稼，很是喜欢。

科布多城其实并不大，如同中国的一座小县城。城东一座赤色小山，寸草不生，山的东边十公里有一大湖泊，蒙古人称为黑水湖，中文名字哈尔乌苏湖。当年的栖霞观应该建在此山上。它西可以俯瞰全城，东可以远眺湖水。

“胡天八月即飞雪”。八月中旬，虽然科布多城还是干爽温热的天气，但是不远处的阿尔泰山上已经可以看到皑皑的白雪了，这预示着冬天马上就要来了。

镇海城的行政长官沙吾提，中文名字叫田镇海。他在成吉思汗最困难的时候，以全部家产相助，与一代天骄同饮班朱泥河水，出生入死，战功累累，所以深得成吉思汗重用。

西行的路上要翻越高大的阿尔泰山，道路异常难行，镇海建议“宜减车，从轻骑以进。”

“留门弟子宋道安辈九人，选地为观。人不召而自至，壮者效其力，匠者效其技，富者施其财。圣堂方丈，东厨西庑，左右云房（无瓦，皆土木），不一月落成，榜曰栖霞观。”（《长春真人西游记》）

全真教在这偏远的蛮荒之地有了根据地，遵道贵德的思想在此得到了传承和弘扬。

科布多南行二百余公里，有口岸同中国新疆的清河县相通。元太祖十六年（1221）八月八日，丘处机一行离开镇海城，西南而行，穿越阿尔泰山到达中国境内的新疆。

此城的行政长官田镇海亲自陪同丘处机西行，一路上历尽艰难困苦。应该说镇海是很幸运的，也是很尽心很虔诚的人。西行的路上他对丘处机一行照顾有加，雪山论道的时候，他是为数不多的能进入成吉思汗大帐的官员之一。田镇海在窝阔台时代被任命为必阇赤，即右丞相。

我们登上城东的赤色山，没有发现栖霞观的一点痕迹。去当地的博物馆询问，也不得而知。

蒙古版的《长春真人西游记》里有栖霞观的确切记载。

斯人已逝，唯有他的故事存留在历史的记忆里。

草原上的精灵

◆ 鸬鹚

生活在草原上的动物是幸福快乐的，蒙古人笃信佛教，敬畏天地间的一切生灵，除了吃自家牲畜之外，他们一般不杀生。

元太祖十八年（1223）七月三日，丘处机西行回归，走到鄂尔多斯附近的乌兰木伦河，夹谷元帅用鸡雁各三只设宴招待他们，丘处机没有让人杀这些活物。七夕这天，他把这些野物带到城外的湖边放生了。期间丘处机还赋诗两首："养尔存心欲荐苞，逢吾善念不为肴。扁舟送在鲸波里，会待三秋长六稍。""三三两两好兄弟，秋来羽翼未能成，放归碧海深沈处，浩荡波澜快野情。"

丘处机当时放生的不是斑头雁就是灰雁。

斑头雁是鸟类中的大块头，体重在 5 ~ 7 斤，因头上有两条黑色条斑，所以才叫斑头雁。斑头雁的飞行高度在八千米以上，每天可飞行 300 ~ 500 公里，是飞得最高的鸟。这个季节，蒙古草原上只有要湖泊河流的地方，就会有成群的斑头雁栖息。

科布多的天空是猛禽的天下。金雕、白头雕、白腹鹞、红兀鹫抬眼就能发现。城市中的树枝上、屋顶、墙头、电线杆，甚至人家晒衣服的绳子上都是它们驻足休息的地方。它们是草原上的巨无霸，除了人类，它们几乎没有天敌，何况这里的人对它们很友好。

天鹅是一首婉约的诗歌。无论它们在湖泊的上空列队飞翔，还是在草地上凝神静思。当它们出现在视线里的时候，人们不禁为它的美丽而倾心。它是如

◆ 斑头雁

◆ 黄羊

◆ 金雕

◆ 蓑羽鹤

◆ 旱獭

此的纯美可人，人在那一刻不会有任何私心杂念。碧绿的草地，蔚蓝的天空，白色的精灵静静地把自己渲染成一幅淡淡的水墨画。

赤麻鸭全身栗色，比家鸭漂亮。鸟类中它的胆子最小，即便草原深处少有人来，但当人靠近湖泊的时候，它们便嘎嘎叫着，彼此通信，一只只腾空而起，飞到草丛深处或者湖水中央，在那里寻得一片清静。

苍鹭就像独钓江边的渔翁，一身灰色的蓑衣，独行在河畔水洼之中。苍鹭体形硕大，将近一米的身高，修长有力的长腿，能让它从容不迫地在水中觅食。

黄羊属于胆小的动物，它们仿佛时刻活在惊恐之中。一旦发现有人靠近，它们就在头羊的带领下飞奔而逃，最快的时候速度能达到七八十公里。快速奔跑是这些草食动物的生存之道。

旱獭很机灵，它们是草原上的快乐使者，一天到晚不知疲倦地在草地上奔跑。这家伙就像个毛绒玩具，身后总是摇曳着毛茸茸的大尾巴。它一般会用后腿支撑起身体，像哨兵似地站立在草丛中或者土包上，向远方眺望。

体型肥大的海鸥竟出现在草原上，真让人意想不到。我在陕西榆林的红碱淖拍过遗鸥，遗鸥的体型跟这种海鸥比起来真的太小了。它们是从遥远的大海迁徙到草原深处避暑的。草原上湖泊众多，夏天很凉爽，是海鸥的理想栖息地。

蓑羽鹤是鹤类中体型最小的一种，它的羽毛通体灰色，颊部两侧各生有一丛白色长羽，酷似披着的长发，故名蓑羽鹤。在草原上我们几乎每天都可以看到这种长腿大鸟，最大的一群竟然有三十多只。

蚊子是草原上的强盗，光天化日之下，袭人不倦，嗜血如命。科布多东边的湖泊，人还没有靠近湖边，蚊子就会把人团团围住，群起而攻之。一巴掌下去拍死四五只，手上竟然没有发现血迹，看来蚊子已经忍饥挨饿好长时间了。在湖边拍摄不到半小时，拍死的蚊子不计其数，身上的包多得数不清，奇痒难忍，最后只得落荒而逃。

草原深处是野生动物的乐园。在这里还拍到了鱼鹰（鸬鹚）、黑鹳、灰雁等在内地不常见的鸟类。至于那些大型的四足动物，需要到森林深处才能看到。草原上本来就人烟稀少，森林里更是危机四伏。因为时间有限，这里的大型动物，我们只能在博物馆里欣赏标本了。

科布多—乌里雅苏台—车车尔勒格

穿越科布多、乌里雅苏台、车车尔勒格这三个省，我们用了四天时间跑了九百多公里路。期间在草原上还住了两个晚上的帐篷。这三个省之间道路异常难行，没有像样的公路，车整天在草原上颠簸，速度低得如蜗牛在散步。没有办法，在蒙古草原上开车和坐车一样需要耐心。

其实道路最难行、人迹罕至的地方才有最纯美的风景。

2015 年 8 月 11 日早上九点，从科布多出城一路向东，沿着城东边的黑水湖（中文称作哈尔乌苏湖），一直跑到中午才到达赖湖（中文称作哈尔湖），两湖就像一对兄弟似的由一条河相连。

◆ 河边的草场是动物们的乐园

一路沿着科布多河东北而行，沿途美景如画，在河边的湿地上拍到了斑头雁、灰雁还有天鹅。这一天连续路过三个苏木（镇），一路上没有城市，晚上只能在齐格斯泰河边搭帐篷过夜。

河边蚊子很多，叮得人奇痒难忍。同事说烟火可以驱蚊，大家赶紧捡来牛粪点燃，不一会就烟火缭绕，蚊子竟然不见了踪迹。吃完温德华教授做的晚饭后，天就开始下雨了。夜晚气温骤降，寒冷异常，还好我们提前买了羊绒睡袋。跑了一天的路，人累极了，虽然夜晚的风雨很大，但我们睡得很沉。早上醒来，雨还在下，简单吃了早饭，收起帐篷开车再向东行。

车行一百六十公里，始见公路，不到十公里就到了扎布汗省省会乌里雅苏台。我们入住酒店对面的山上有佛寺，山顶可以俯瞰全城。城东草地平坦，伊德尔河绕城而过，在草原上留下美丽的弧线。河上有桥，名曰青龙桥，三个隶书汉字让人倍感亲切。

◆ 突厥人坟墓前的石人

◆ 湖边的火山遗迹

◆ 山脚下的寺院

这里在西汉时期是匈奴右贤王的驻地。

8 月 13 日早上九点半出发，出城东北不远处发现了两个草原石人，教授说那是突厥时代的遗迹，一块石头下面就是一个突厥贵族的灵魂。大一点的石头是女人，可以看到头上雕刻的装饰，小一点的是男人。草原上的人敬畏天地，近千年来没有人打扰过这一对沉睡在地下的灵魂。

一路上一直沿着伊德尔河走，河边鸟儿很多，中午在一片水洼边发现了天鹅、蓑羽鹤、斑头雁、灰雁和海鸥，其中灰雁最多。今天跑了 390 公里路，用了十五小时。到郝勒克火山湖边已经凌晨一点了，晚上住在湖边的帐篷里。

第二天早上起床时发现湖边有一大群斑头雁，它们晚上在草丛里过夜。湖边有怪石耸立，那是火山爆发后留下的杰作。火山距离湖不远，也不高，半小时就能爬到山顶。下面是深坑，坑底的一面竟然有冷杉一直长到山顶。那需要多少年的生命积累才能形成如此规模的森林，大自然的力量真的不可思议。

后杭爱省有冷杉和松树形成的森林，山有了森林的荫护才具有灵气。大自然对后杭爱省特别厚爱，有山有水有湖有森林还有草原。环境宜人，空气清新，

◆ 车车尔勒格大峡谷

宛若人间仙境。下午在塔里亚特苏木用餐，然后直奔车车尔勒格。这个城市规划得不错，道路很宽敞。城市处于群山环绕之中，山上有森林，还有一座佛寺。

元太祖十六年（1221）六月十三日，丘处机一行来到了车车尔勒格附近的长松岭。六月二十八日到达窝里朵（成吉思汗的行宫）。

车车尔勒格周围群山环抱，森林茂密，树冠遮天蔽日，几乎看不到阳光。有一条峡谷从森林中间穿过，至少二十多米深，浑浊的布尔干河河水涛涛，深不见底。丘处机当年翻越大寒岭的时候，遇到的大河莫非就是这条大峡谷？

孤独的牧羊人

◆ 牧羊人

牧羊人和他的羊群出现在视野里，那绝对是一幅纯美的画卷。

蔚蓝的苍穹下，绿荫无垠，骑着健壮的骏马在山包上驻足远眺，牧羊人和他的牲畜在这绿色的画卷上游走着，不时地变换着队形。几只纯种的牧羊犬在畜群中跑来跑去，它们在替主人维持着秩序。动物们吃饱安静下来的时候，这些狗儿们来了兴致会去抓旱獭或者跟野兔赛跑，运气好的时候它们会抓到一只尝鲜解馋。

牧羊人大都居住在草原深处，开车行进在草原上，远远地几十公里之外就能看见白色的蒙古包。蓝天白云下，绿草如茵的草原上，白色的蒙古包很显眼。蒙古包附近有牧民们的越野车、摩托车、卡车和马车，甚至还有篮球场。由于草原上没有手机信号，这些交通工具也算是人们的通信工具了。

牧民们多才多艺，由于远离城镇又单家独户，他们几乎个个都是多面手。开车，修车，放牧，割草，拆卸帐篷，给牲畜们看病，杀羊煮肉，他们几乎无所不能。苍莽的蒙古草原上没有丰富的资源，厚道的长生天却给予了游牧民族原始野蛮的生命。彪悍的蒙古骑兵就生活在这冷酷荒凉的大草原上，在十三世纪之初，蒙古大军曾经横扫大半个地球，让欧洲皇帝们惶恐不安，畏之如虎。

蒙古草原温暖的时间只有三个月。五月下旬，当河里的冰开始解冻的时候，风儿有了丝丝暖意，草原慢慢变绿了，牧羊人每天赶着自己家的牲畜去草场。这些忍饥挨饿了一个冬天的牲畜看到鲜嫩的青草便胃口大开，一片草场是支撑不了几天的，所以牧羊人必须经常变换草场。有草场的地方还得有水，动物和人都得喝水。草原上的河流和水洼很多，游牧民族逐水草而居的习惯就是这样养成的。

九月份当西伯利亚的寒风不期而至时，冬天就算来临了。一望无垠的原野在这短暂的季节里完成了自己的使命，草儿慢慢枯黄了，大雪随时都可能将整个草原覆盖。漫长的冬季将近九个月时间，牧羊人日子最难熬，因为一场暴风

◆ 羊的头骨，它的灵魂上了天堂

身着蒙古贵族服饰的温德华夫妇

雪就会摧毁自己一年来的劳动成果。每到八月份草长得最高最肥的时候，他们会天天割草，把草晒干，再打成四方形的草垛，然后运回蒙古包，以备冬天不时之需。冬天如果雪不大的时候，牧羊人还得赶着自家的牲畜去河边。那里的雪薄，牛羊会自己扒开雪找草吃。当然河边的草在温暖的季节里是不能让动物去吃的，那是给冬天预留的草场。

如果自家的牛羊病死了，牧羊人不会去理会，他认为那是牲畜们的归期到了，那是长生天留给那些猛禽们的礼物。

牧羊人最快乐的时光只有三个月，这个温暖的季节是他们最惬意的时候。一大早赶着牛羊去草场，怀里揣着一瓶烈酒和一些肉干，那就是一天的干粮。中午时分，酒足饭饱之后困意袭人，往温热的草地上一躺，一觉睡到自然醒。

草原上一天到晚温差很大，牧羊人对酒情有独钟，蒙古城镇的大街上或者草原深处，经常可以看到步履蹒跚或者躺在地上人事不省的壮汉。

草原上的人长年生活在马背上，所以蒙古人天生罗圈腿，别看这些人走路缓慢，甚至脚步不稳。一旦他们跨上马背便精神倍增稳健如飞，不一会儿的工夫就会绝尘而去，消失在人的视线之外。

行者无疆……

牧羊人的思想就像草原一样的空阔，他的心思在遥远的天际之外，脚下一直有走不完的路，胯下的蒙古马可以带着主人浪迹天涯。

哈拉和林

距离蒙古国首都乌兰巴托西南方向不到四百公里，前杭爱省北部有一个不起眼的小城市，它就是哈拉和林。

2013 年 8 月 15 日，阴，哈拉和林。

哈拉和林在十三世纪中叶是世界之都。欧亚大陆上的所有国家都臣服在这个蒙古帝国的强权之下，窝阔台大汗从哈拉和林发出的政令足以让各国的君主们敬畏。在通往世界各地的驿道上，熙熙攘攘地穿梭着各国使节和纳贡的骆队。哈拉和林集合了蒙古骑兵从世界各国掠夺回来的奇珍异物、金银珠宝，它是当时世界上最富有最豪华最强大的城市。

额尔德尼召寺在城北孤零零地坚守着草原帝国的骄傲，它虽然不是成吉思

◆ 蒙古国的佛教来自于西藏的吐蕃王国，这座喇嘛塔与中国西藏和青海寺院里的佛塔没有什么区别

◆ 额尔德尼召是藏汉混合式寺院，其建筑风格如同中国内地的道观和寺院

汗时代的产物，却是成吉思汗的后代修建的。

这座占地面积 0.16 平方公里的寺院就像一座古城，高高的墙头上耸立着 108 座佛塔。四座城门有些小，如同古城西安城门的微缩版。如果不是附近的人在说蒙古语，我还以为自己身在国内的某个景区呢！寺里面的建筑只剩下城西北角的一部分了，有山门，有大殿和偏殿，建筑的风格形同国内的道观和寺院。高大的佛像流光溢彩、庄严肃穆，让人顿生敬畏。

山门前的香炉已经残缺不全了，有口大铁锅甚至被好事者打破了边，这应该是苏俄时代的“功绩”吧。人们在转经桶前排着长队，轻轻地转动着经桶，希望自己能在这里得到佛祖的安抚。有人在佛塔前长跪不起，神情凝重，一会起身，拿来奶茶，二指轻蘸然后再抛向空中。一只鹰在空中盘旋，它凄厉地鸣叫着，附近有几只黑亮的大乌鸦在啄食着香客们留下的供果。一会儿，那只鹰似乎飞累了，停驻在佛塔顶上注视着这些抢食的小鸟。

哈拉和林的兴衰就是蒙古历史的一个缩影。

1206 年，成吉思汗统一了草原上的各个部落，成立了蒙古帝国，随后哈拉和林被定为国都。1219 年，成吉思汗西征花剌子模，拉开了蒙古帝国开疆拓土的序幕。此后，他的四个儿子和两个孙子更是将整个亚欧大陆揽入帝国的怀抱。这个草原帝国成为当时世界上疆土最大的国家。

1235 年，窝阔台招集中原和欧洲的工匠修建哈拉和林，又令诸王在皇宫四周兴建府邸。哈拉和林道观寺院林立，清真寺和基督教堂随处可见，成为草原帝国的核心，当然它也是整个世界的中心。

◆ 额尔德尼召寺里的佛像

◆ 108 座佛塔呵护着整个寺院

1260年，蒙古内战后，草原帝国的都城迁往北京，哈拉和林成了地区的行政中心。

1368年，朱元璋领导的农民起义军将元顺帝赶回漠北草原，1387年朱棣给了这个草原帝国致命一击，曾经的世界中心哈拉和林从此陨落了。

1586年是哈拉和林最幸运的一年。成吉思汗的第二十九代孙子土谢图汗阿巴岱将喇嘛教传入哈拉和林，修建了额尔德尼召寺院。这是蒙古的第一座喇嘛庙。从此以后佛光普照的哈拉和林声势浩大，成为蒙古人民的精神圣地。

1911年，当辛亥革命的烈火在中原大地上遍地燃烧时，中国各省纷纷独立，蒙古也不甘落后，觊觎这片草原已久的俄罗斯趁机将其纳入自己的羽翼之下。蒙古从此脱离了中原王朝的藩篱，成为俄罗斯的联邦。

纵观整个封建社会，历史一直在重演着不变的魔咒。当中原王朝兴旺富强时，周围的邻居似乎可以成为呼来唤去的盟邦，一起分享王朝繁荣昌盛的福利。一旦这个王朝腐朽堕落分崩离析的时候，这些曾经的盟邦就会成为帝国的噩梦。

二十世纪三十年代，苏联在它的所有盟邦掀起了轰轰烈烈的文化革命，一切代表封建残余的事物都被铲除清洗，甚至连教科书里的历史也要改头换面。哈拉和林的额尔德尼召寺院遭受了毁灭性的破坏。这场史无前例的政治浩劫把蒙古的历史文化遗产扫荡一空。当革命的烈火准备把这些封建残余付之一炬时，佛祖似乎显灵了，寺院里的佛像和经书在一夜之间神奇地消失了。

二十世纪五十年代，长生天又开始眷顾这个多灾多难的城市，哈拉和林要修建博物馆了，佛陀又重新回到了人们的精神世界。奇迹出现了，在管委会的门前，一夜之间出现了堆积如山的物件，那些曾经从寺院消失的物品又神奇般地回来了。珍贵绘画、唐卡、雕塑、经书和佛像竟然有七千多件。

1991年12月25日，苏联解体了，这个让世界敬畏不安的帝国轰然倒塌，曾经被俄罗斯纳入联邦的国家又回归了自由身。

2004年，哈拉和林与其周围景观成为蒙古国唯一的世界文化遗产。

信仰如水，人们精神世界里的向往是任何潮流和强权都阻挡不了的！

卷二

新疆

夜行白骨甸

古尔班通古特沙漠位于新疆准噶尔盆地中央，它是中国第二大沙漠。白骨甸横亘在古尔班通古特沙漠中间。

元太祖十六年（1221）八月八日，丘处机一行二辆车二十余骑离开了蒙古西部重镇科布多。一路向西南而行，中秋节这天，他们抵达阿尔泰山东北。丘处机一行要从乌兰达坂穿越阿尔泰山，这里山高谷深，道路难行。三太子窝阔台派兵卒为他们开路，众人前拉后推，“约行四程，连度五岭”，总算穿越了阿尔泰山。然而等待他们的不是一马平川的富庶之地，而是一片难以逾越的古战场——白骨甸。

1875年，俄罗斯人索斯诺甫私自勘查了这个区域，他经过白骨甸时差点送了命。他的记录如下：（白骨甸）“全境乏水不毛，有数处沙漠，由北到南宽八十俄里。戈壁多黑色石子，故举目望碛亦全黑色。此地产野马野骆驼。”随行的田镇海告诉丘处机，（白骨甸）“古之战场，凡疲兵至此，十无一还，死地也。”

时值八月，天气炎热，白天地面的温度很高，酷热的戈壁沙漠难以行走。

关于这个古战场有许多恐怖的故事，镇海告诫丘处机：（白骨甸）“夜行良便，但恐天气黯黑，魑魅魍魉为祟。我辈当涂马首以厌之。”对于田镇海的担忧，丘处机不以为然。他笑言：“邪精妖鬼，逢正人远避，书传所载，其孰不知？道人家何忧此事！”

丘处机一行人傍晚出发，行走在沙丘起伏的古尔班通古特沙漠，牛走困了不能行动，就把牛放弃了，他们还有六匹马。二百多里的沙漠，他们走了整整

◆ 荒凉的戈壁滩上竟然生活着这些顽强的生灵

一个晚上，第二天上午才接近沙漠的边沿。丘处机当时的兴致很高，作诗云：“高如云气白如沙，远望那知是眼花？渐见山头堆玉屑，远观日脚射银霞。横空一字长千里，照地连城及万家。从古至今当不坏，吟诗写向直南夸。”

八月二十七日，丘处机一行到了阴山下的回纥城，回纥酋长用葡萄酒、水果和大饼招待这些远道而来的客人，他们在那里才得以休养生息。

要穿越奇台县以北的将军戈壁（白骨甸），我想应该用不了三个小时。按照地图上标注的路线，沿途应该有两个村镇可以补充给养。毕竟有国道相通，道路应该没有问题。

2013 年 10 月 14 日，晴。

我们是下午四点从天山北麓的天池出发的。本以为有了大排量的越野车就可以畅通无阻，谁知道路难行的程度远远超出了我们的预料。一开始路还算好走，天黑以后路异常难行。这里一直在修路，路基被运输车辆压坏了，车根本跑不起来。那天晚上凌晨两点才找到休息的地方。

◆ 广袤无垠的旷野，一天几乎见不到人烟

◆ 旷野里的牛头骸骨

◆ 大漠孤烟直，长河落日圆。戈壁滩上的落日别有一番情调

北庭都护府

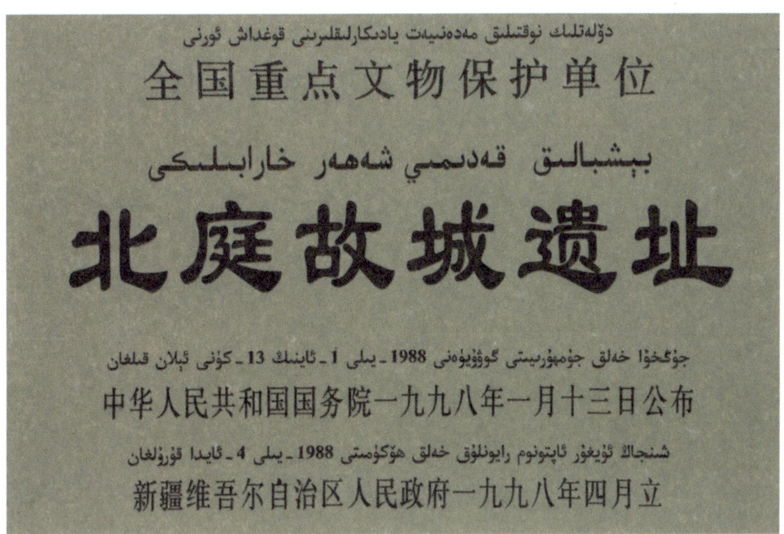

◆ 城墙遗迹已被列为国家重点保护文物

2013 年 10 月 16 日，晴，破城子。

在新疆吉木萨尔以北十几公里的地方，有一处遗迹叫破城子，它是一座古城遗址。破城子遗址的面积很大，现在除了护城河和城墙残损段之外，其他城市建筑已经荡然无存。由这些残存的遗迹可以想象当初这个城市的规模不亚于中原王朝的州城。

破城子在唐朝时是中原王朝的西部门户，是国家的战略重镇。公元 702 年，武则天在此设立北庭都护府，取代金山都护府，管理西突厥故地（新疆直到咸海以东的区域）。大唐和尚玄奘传佛经于此，建龙兴寺，寺里还有佛经一藏。

元太祖十六年（1221）八月底，丘处机一行来到了吉木萨尔北边的破城子，唐朝时的西部重镇——北庭都护府，那时候这里的城市规模应该不小。

九月初，收获季节来了，地里的麦子成熟了。这里很少下雨，庄稼全凭泉水浇灌，那一年应该是个丰收年。

“西即鳖思马大城，王官士庶僧道教数百，具威仪远迎。”丘处机一行在这里得到当地官员百姓的热情接待。这里的和尚穿着红色袍子，与中原地区不同，道士的衣冠也与中原大不相同。丘处机晚上住在葡萄园附近的阁楼上。回纥王热情招待了丘处机一行，席间有瓜果，还有中原的歌舞助兴。当夜竟然下起了雨，当地人惊奇不已。丘处机作诗一首：“夜宿阴山下，阴山夜寂寥。长空云黯黯，大树叶萧萧。万里程途远，三冬气候韶。全身都放下，一任断蓬飘。”

800年后的今天，北庭都护府只剩下断墙残壁，曾经雄伟森严的军事重镇蜕变成今天的土围子，人们给它起了个名字叫破城子。一个城市的使命完成了，它也成为历史的记忆。

九月九日，丘处机一行到了昌八

◆ 城墙遗迹

◆ 荒草丛中的城墙遗迹

剌城（今昌吉），维吾尔王是田镇海的老朋友，他率部族及僧人前来迎接。这里的西瓜长得像枕头一样，味道甘甜异常，中原地区少有。丘处机问在座的一个和尚看什么经书？那和尚说："剃度受戒，礼佛为师。"佛由西域传入中土，新疆应该是佛法东传驻足的地方，是多元文化交集之地，今天的新疆还散布着许多佛教的遗迹。那里的僧人告诉丘处机，再往西行就没有佛寺了。可见十三世纪初，佛已经从西域诸国消失了，因为那里的人信仰了伊斯兰教。

从齐台到吉木萨尔再到昌吉这段路，丘处机一行是沿着今天的连霍高速，也就是那时候的丝绸之路走的，所以这一路走得很顺畅。

赛里木湖

2013年10月18日，晴。

离开新疆的首府乌鲁木齐，沿着连霍高速向西而行六百公里，群山环抱之中，有一个美丽的湖泊，它就是赛里木湖。传说这湖是由一对为爱殉情的年轻恋人的泪水汇集而成的。

赛里木湖是天山山间盆地湖泊，它是新疆最大的高山湖泊，被称为“天池”、“乳海”。从夏天到秋天，赛里木湖边的风景像魔法似的一直在变换着颜色。夏天，湖边的花儿开了，野罂粟、金莲花、金陵菜和那些不知名的花儿争奇斗艳，由近到远一直延伸到天山脚下。五彩斑斓的花海、白雪皑皑的天山、宁静的赛里木湖相映生辉。蓝天白云倒影水中，成群的鸟儿在湖里嬉戏，真是一幅

◆ 连霍高速南边是天山，北边就是赛里木湖

◆ 赛里木湖上的天鹅

天然自成的画卷。温暖的季节似乎还没有好好地享受，秋天就要来了，天山上的雪线在慢慢下移，湖边的风吹得人脸生疼。草原也慢慢变黄了，一阵风吹过，被草籽拽弯了腰身的野草波浪起伏。牛羊在草地上悠闲地享受着阳光，它们就像游走在草原上的云彩一样，惹人喜爱。牧民的毡房就在湖边不远处，星星点点地散落在草原上，白色的毡房即使在草原深处也很显眼，远远地就能看见。几个小孩子骑着马由湖边而来，他们大声吆喝纵马狂奔，后面还跟着几条牧羊犬，惊得牛羊们停止吃草，抬头探望。

天山上的松林除了冬天之外就一个颜色，从山谷里延伸而来形成一道风景线，到了山腰处就停步不前了。山下是野草的繁华地界，山腰上的松树宁愿独守着单调的绿色，享受着天山上的清静和寂寞，也不愿去打扰那些招蜂引蝶的尤物。

这个被称为“西方净海”的赛里木湖是乌孙人的天然牧场，附近有乌孙国古墓群和寺庙遗址，残破的古驿站向人们展示着丝绸古道曾经的繁华与没落。

天山脚下的丝绸之路，也就是现在的连霍高速绕湖而过。行车至此，人们为这里的美景所陶醉，不由得停驻欣赏。更多的人甚至开车花上一两天时间，绕湖一周，尽情放空自己，让灵魂随风景游走。

“晨起，西南行约三十里，忽有大池，方圆几二百里，雪峰环之，倒影池中，

师名之曰天池。”（《长春真人西游记》）

元太祖十六年（1221）九月中旬，丘处机一行来到了赛里木湖，此地风景迤逦，让人流连忘返，丘处机称其为“天池”。虽然是九月天气，湖周围的山峦上已经能看到皑皑白雪了。

我们到达赛里木湖的时候正值深秋，湖边的草地一片金黄，湖里有十几只天鹅在水中嬉戏。它们是去南方过冬的，途经此地休养生息，为即将的长途飞行积攒体力。

丘处机一行在此稍作休息，然后启程穿越果子沟。西行的道路异常难行，丝绸之路在这里为深沟大壑所滞。

果子沟，一个山沟里长满苹果，美丽得让人神往的地方，它横亘在赛里木湖西边。

美丽的赛里木湖

“沿池正南下，左右峰峦峭拔，松桦阴森，高逾百尺，自巅及麓，何啻万株！众流入峡，奔腾汹涌，曲折湾环，可六七十里。”（《长春真人西游记》）

元太祖十五年（1220），察合台随成吉思汗西征于此，他率军在果子沟开山修路，伐木搭桥四十八座，桥宽可容两辆车并行。

丘处机一行傍晚出发，开始穿越果子沟，直到第二天才走出山沟。清朝人徐松考察过这里，他有以下记录：“沟水南流，势甚湍急，架木桥以度车马。峡长六十里，今为二十四桥，即四十八桥遗址”。

从赛里木湖到果子沟的这段路是连霍高速的重要地段。这段路全长二十八公里，风景秀丽，景观奇异，山高沟深，森林密布，素有伊犁“第一景”之美称。它纵贯北天山，是伊犁的天然门户。一座座横跨山间的大桥和隧道使这段丝绸古道由天险变成了坦途。开车行驶在大桥上，满眼风光迤逦，令人目不暇接。

高速公路上竟然也有牛马！我们在这里遇到了冬季转场的牧马人。冬天就要来了，家畜必须在大雪封山之前赶到冬草场。现在修了高速公路，曾经的丝绸古道不见了踪迹，转场的牛马只得走这条路了。双向四车道的公路，车与牛马同行，牧马人骑着马在维持着秩序，这些可爱的家畜很听话，不与汽车抢道，这么热烈的场面能见到的机会不多。

出了果子沟就到了伊宁地界，丘处机一行出山的时候看到了水草丰美、温暖如春的风景，他们见到了在中原地区才有的桑树和枣树。

九月二十七日，丘处机一行到达阿里马城，也就是今天的霍城县。“西人目林檎曰阿里马。”（耶律楚材《西游录》）

阿里马城

◆ 伊犁河

元太祖十六年（1221）八月中旬，丘处机一行由蒙古国进入中国，穿越了白骨甸，再向南行到了吉木萨尔，然后一路向西，经乌鲁木齐，过赛里木湖，九月二十七日，到达伊犁河东岸的阿里马城（今霍城县）。这段路程走的是丝绸之路，一路上城镇众多，驿道供给充足，所以这段行程走得很顺利。这段路也就是今天的连霍高速乌鲁木齐到霍尔果斯段。

这里果园很多，尤其盛产苹果。“西人目林檎曰阿里马。”（耶律楚材《西游录》）突厥人把水果称作“阿里马”，所以这个地方就有了“阿里马”这个名字。当地人用木棉做成帛，这里产的羊毛就像中原的柳花，洁白细软，

◆ 红彤彤的苹果压弯了枝头

羊毛可以做成线、绳、帛。羊毛做成的衣服很暖和，可以抵御冬天的严寒。农民用渠里的水来灌溉，人们用瓶盛水，然后把瓶子顶在头上带回家。他们看到来自中原的取水工具很惊讶。高兴地说："桃花石诸事皆巧。""桃花石"是当地人对汉人的称呼。看来丘处机一行来到当地后，还送给他们中原先进的取水工具，帮助他们发展农业。

古代中亚细亚称中国为"桃花石"（TABGAC，即中国）。隋时，东罗马史学家席摩喀塔（SIMOCATA）称中国为陶格司国，中世纪回教徒称中国汤姆格笈 (TAMGAJ)，桃花石即其译音。

1225 年，成吉思汗把西辽和中亚的大片土地封给了他的次子察合台。察合台定都于阿里马城。阿里马城地处丝绸之路的重要位置，答儿麻失里汗在位时，充分发挥该城的中枢作用，大力发展通商贸易，于是东西方的商人汇集于此，阿里马成为丝绸之路上的"中亚乐园"。后来由于连年的战争和洪水的侵袭，这座依山傍水的丝路明珠逐渐荒芜废弃。

丘处机一行在霍城得到了给养补充，然后又上路了。西行四天到达了伊犁河，蒙古人称“答剌束没辇”。他们由伊犁河进入今天的哈萨克斯坦境内。

元太祖十六年（1221）十月二日，他们再次乘舟过河（伊犁河）。成吉思汗行营的路程不远了，刘仲禄先行一步驰奏，留下镇海公（田镇海）随行。这时他们遇到了从成吉思汗大营回来的使者，使者告诉他们，自从七月十二日离开成吉思汗，成吉思汗追击敌人到了印度。

当时的战况是这样的。花剌子模苏丹摩诃末的儿子札兰丁组织该国的军队在喀布尔以北的八鲁湾打败了失吉忽秃忽率领的四万蒙古骑兵，战斗捷报很快传遍了花剌子模国，于是花剌子模国被蒙古人占领的城市纷纷响应，一时间各地起义风起云涌，大有力挽狂澜之势。战争失利的消息传来，成吉思汗大为震惊，于是他决定亲自出征，去征服这些他认为懦弱不堪的花剌子模人。最后成

◆ 街上的首饰店

吉思汗在印度河岸追上了札兰丁，将其军队彻底消灭。

丘处机一行在追寻成吉思汗，成吉思汗却在追击敌军。什么时候能追赶上这位战无不胜的军事统帅？谁也不知道。

他们要走的路还很远……

◆ 草原上的骆驼

卷四

哈萨克斯坦

阿拉木图

中国的中部有一条长 4395 公里的公路大动脉，它把中国东部的沿海地区与中西部的内陆城市有机地连接起来，在中国的经济发展中具有举足轻重的作用。这条公路干线就是连霍（连云港——霍尔果斯）高速公路。中国的中心地带有一个十三朝古都——西安（长安），它是丝绸之路的起点。连霍高速到了西安这里就一直踏着古人的足迹，沿着丝绸之路穿越河西走廊，横跨新疆，然后通过霍尔果斯口岸与西域诸国连接。这条古道商旅云集，官差僧侣信使来去匆匆。一千多年来，它一直是中原帝国与西域诸国经济文化往来的生命线。

霍尔果斯是中国新疆边境线上一个口岸城市，它是连霍高速的终点，也

◆ 今天的丝绸之路，跨越中国和中亚的欧亚大陆桥

◆ 阿拉木图南边的天山山脉

是欧亚大陆桥的起点。一条路从哈萨克斯坦境内的崇山峻岭中向东伸展而来，与其边境东边的霍尔果斯连接，这条路就是传说中的丝绸之路。出了关口进入哈萨克斯坦境内，道路的状况就不如中国这边好了，车在路上最快只能跑六十公里。

2014 年 10 月 27 日，阴，阿拉木图。

车行四百公里就到了阿拉木图（ALMA-ATA，哈萨克语是“苹果”的意思）。这是一个以苹果命名的城市，因为山里生长着许多野苹果。阿拉木图以前是哈萨克斯坦的首都，现在是中亚最大的贸易中心。这里有铁路同中国相通，每周都有满载物资的列车从中国源源不断地途经这里直达中亚和欧洲。飞往中亚各国的航班都要经停阿拉木图，它是东西方诸国货物运输的集散地，也是西行旅客的必经之地。古老的丝绸之路赋予阿拉木图这个特殊角色，她现在依然履行着历史使命。

从天空中鸟瞰阿拉木图，就像在欣赏一座硕大无比的山间庄园。城市的建筑并不像中国的大城市那么高大密集，道路和房屋都被郁郁葱葱的树林环绕着，宛然一座森林城市。城市中心的松树林里有一座东正教堂，高大雄伟，庄严肃穆。1911 年，阿拉木图经历了一场大地震，全城的建筑几乎都倒塌了，唯有这座用木头建成的教堂依然矗立，似乎有神灵在护佑着它。教堂的广场上有许多鸽子，它们很可爱，有时会飞到人肩膀上索要食物。公园入口处耸立着两门大炮，那是苏联时代的遗物。

阿拉木图居民以哈萨克族人居多，其次是俄罗斯、乌克兰、鞑靼、维吾尔等民族。人们有各自的宗教信仰，教堂和清真寺散居在城市之中。

◆ 卖水果的哈萨克少女

◆ 阿拉木图市中心的东正教堂

这里是苹果之都，苹果的个头没有国内的那么大，但那种甜味很特别。我们去山里拍摄外景，远远地看见红彤彤的果子挂满树枝。导游说那是野生的苹果树，可以随便摘。不过要吃苹果可真不容易，山里的苹果树由于没有人管理，长得很高，枝丫肆无忌惮地四处伸展。树底下散落着不少熟透了的苹果，捡起几个大个的，咬一口酥脆香甜。苹果之城，果真名不虚传。

城南不远处横亘着一座高高的山脉，那是天山山脉。山顶上有终年不化的冰雪，即使到了夏天，山顶上依然白雪皑皑。山脉之中湖泊众多，森林茂密。天山北坡的降水很丰富，山谷中溪流潺潺，滋润着山下的苹果之城。

◆ 天山冰川

突厥斯坦

2014年10月31日，多云，突厥斯坦。

从阿拉木图出发，沿着天山山脉一路西南而行，车行800公里就到南哈萨克斯坦州突厥斯坦市。这段路我们竟然跑了十五个小时，到达突厥斯坦的时候已经是凌晨两点了。哈萨克斯坦是中亚五国中最富裕的国家，道路却不怎么样好，甚至比不上一山之隔的吉尔吉斯斯坦。

锡尔河下游右岸平原的突厥斯坦是哈萨克斯坦西南部的一座古城，它曾经是突厥汗国的国都。现代化的城市与散布在城中的古老建筑显得不那么和谐调。这些高大雄伟的古老建筑时刻提醒着人们，一千多年以前这座城市就已经在丝绸之路上演绎着辉煌而精彩的历史。

◆ 一千多年前的清真寺，今天依旧那么庄严雄伟

◆ 突厥时代的文物

城南的果园之中耸立着一座古老的清真寺，高大的穹顶是这座城市的地标。穹顶外层贴着青色彩釉面砖，在晨光的照耀下光彩夺目。清真寺的上层建筑墙面由彩釉面砖砌成，墙体有几何图案和阿拉伯文字。高处的墙体上有不少小洞，成群的鸽子把这里当成了它们的栖息之地。

这座清真寺有一千多年历史，它是突厥民族的精神圣地。从西辽至察合台汗国再到贴木尔汗国以及后来的苏联时代。王朝的更迭、战火的洗礼和革命运动此起彼伏，高大的清真寺依然耸立不倒。在庄严的神灵面前，无论是一代天骄成吉思汗还是普通民众，都心存敬畏，保持着心底里的虔诚。

围绕着清真寺的城墙，在岁月的侵蚀下已经残缺不全了。行走在高大的城墙上，我似乎窥见了突厥汗国昔日的辉煌。清真寺里存放着突厥时代的器物，进入寺内，里面的世界庄严肃穆。这里是人们与安拉亲近的地方，是人的心灵归宿之地。人们在礼拜大殿默念着《古兰经》，把自己的心灵交给真主安拉来抚慰。礼拜的人神情严肃，偌大的空间里只能听到轻声絮语。

◆ 哈萨克斯坦西部的城镇附近，随处可见的清真寺。寺院旁边大多是墓地，逝去的人总是让自己的灵魂靠近安拉，以便获得上苍的抚慰

公元六世纪，突厥人在阿尔泰山崛起，它向东占领整个蒙古高原，再向西扩张到咸海以西，最后建立了突厥汗国。隋朝时，突厥汗国以阿尔泰山为界分裂为东西两部分。西突厥汗国的统治中心在伊犁河流域，控制着塔里木和河中（撒马尔汗），后来西突厥汗国被大唐帝国消灭。东突厥汗国（河中地带和天山南北路）被维吾尔族的祖先回纥人所灭。元太祖十九年（1124），契丹人耶律大石征服了突厥斯坦，建立了地域广阔的西辽帝国，史称黑契丹或哈剌契丹。元太祖十三年（1218），成吉思汗消灭了西辽，他将突厥斯坦分给次子察合台，于是就有了察合台汗国。这个汗国最

高大厚实的城墙拱卫着清真寺，一位老人去寺里朝拜，只是门口没有了守城的突厥卫兵

这是一座陵墓，里面长眠着一位智者

高大的清真寺穹顶，它是一座城市的地标性建筑

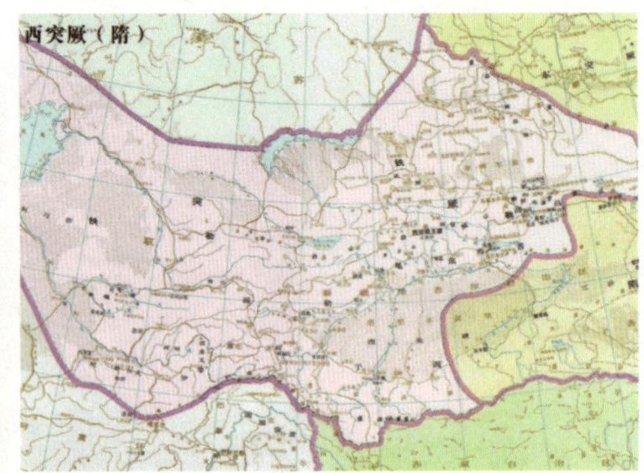

西突厥隋代地图

后伊斯兰化和突厥化，后来帖木儿帝国从河中地区兴起，察合台的后裔又成了这个跛脚大汗的附庸。

经过一千多年的分化与融合，突厥人的血脉形成了中亚地区这些斯坦国家。今天分布于世界各地的突厥人有一亿九千万，人们经常回到哈萨克斯坦南部的这座小城来朝圣祭拜，追思突厥帝国曾经的荣耀与骄傲。

死亡之城——讹达剌

2014 年 11 月 1 日，晴，讹达剌。

离开突厥斯坦，有一条公路沿着锡尔河东南而行。在锡尔河与忽章河交汇处的村镇附近，发现了一座大土丘，导游说那是一座古城遗址。那土丘早已没有了古城的一点痕迹，仅仅是个不长草的大土包而已。一圈歪歪斜斜的木头栅栏算是这座遗迹的保护带了，栅栏边有两幢无人看护的房子，一道没有上锁的铁门横在遗址的入口处。

古迹的考古工作正在进行，土丘的南边挖掘出了城门，城区的状况初现规模，站在现场依然能感觉到这座城市当初的壮观和雄伟。在十三世纪初这里曾是一座占地二十英亩的繁华古城，这就是花剌子模国的讹达剌城（OTRAR），现在只能从古代地图上找到这座消失了大约 800 年的古城。

◆ 讹达剌古城的考古现场，地上的碎骨让人难以下脚

◆ 小镇的清真寺

土丘有30多米高，一行人攀缘而上，丘顶平坦，眼前的景象让人不寒而栗。我的脚下是一片片白花花的碎骨，我问导游怎么有这么多的骨头，他说那是人骨头。元太祖十五年（1220）二月当丘处机到达燕京的时候，成吉思汗血洗了讹达剌城。除了工匠和年轻的女人之外，其余的人被全部杀死，这些白骨就是那时候留下来的。历经800年风雨，土丘上的白骨还没有入土为安，这座被战争洗礼过的城市孤零零地耸立在寒风中任由风雨侵蚀，它在向今人诉说着战争的残酷，告诫世人要珍爱来之不易的和平。

讹达剌守将海尔汗亦纳勒术的贪婪给中亚强国——花剌子模带来了灭国之灾……

花剌子模国是西辽的邻国，讹达剌处于两国的边境线上。强盛时期花剌子模的版图北以锡尔河为界，东到帕米尔高原和瓦济里斯坦山区，西到阿塞拜疆，在中国历史上它被称为“回回国”。当成吉思汗消灭了屈出律的西辽国之后，这个草原帝国自然就成了花剌子模的邻居。1217年，成吉思汗与花剌子模国通商，由四百五十个商人组成的骆队来到丝路古城讹达剌。该城守将海尔汗亦纳勒术是王后的兄弟，他对商队五百驼的货物起了贪婪之心，妄称这些商人是蒙古间谍，下令把他们全部处死，那些货物自然就成了这位国舅的囊中之物了。

不知道这位衣锦玉食的国舅要这些钱干什么？古今往来，能撼动一个人心智的东西莫过于金钱。在金银财宝面前，这位富甲天下的国舅，其举动无异于一个井市无赖。

海尔汗亦纳勒术是蒙古人攻打西域明珠——花剌子模的导火索。成吉思汗听到商人被杀的消息之后异常震惊。“我非这场灾祸的挑起者，赐我力量去复仇吧！”（《世界征服史》，志费尼著）

于是疾恶如仇的成吉思汗发动了攻打花剌子模的战争。元太祖十四年（1219）六月，成吉思汗在额尔齐斯河上游举行了盛大的出征誓师。耶律楚材记录了当时的誓师盛况：“车帐如云，将士如雨，牛马被野，兵甲辉天，远望

这是一座被死亡笼罩的古城，尽管附近的城镇并不太远，平时却少有人来

高高的土堆可以想象到800年前的古城规模

城墙的发掘现场，当初的讹达剌城高墙厚，是一座坚固的军事要塞

烟火，连营万里。”

讹达剌是花剌子模国东北的门户，该城由王后的兄弟亦纳勒术率二万步兵和一万骑兵重兵镇守。察合台和窝阔台指挥五万精兵连续攻城六个月，最后守城将士全部战死，海尔汗被俘获。据说蒙古人把银币溶化成银水，直接让爱钱如命的海尔汗吞下，海尔汗死得异常痛苦。蒙古人放火毁城，丝路古城讹达剌化成一片瓦砾。

当时的蒙古军队经过与金国和西夏的多年征战已经锤炼成一支战无不胜的劲旅，花剌子模苏丹摩诃末由于采取了消极的防御策略，在蒙古军队的猛烈进攻之下节节败退。讹达剌陷落之后，花剌子模的国门洞开，蒙古人乘胜追击，布哈剌、撒马尔罕、塔什干、玉龙赤杰相继失陷，最后疲于奔命的摩诃末死于里海一座孤岛上。

元太祖十七年（1222）中亚强国花剌子模灭亡，蒙古人成了这里的新主人。

塞蓝城——希姆肯特

2014年11月2日，晴，希姆肯特。

从阿拉木图到希姆肯特这条路一直沿着大山在行走，公路南边不远处就是吉尔吉斯斯坦的国界。公路边上不时看见铁丝网，高高的塔楼上有军人在站岗。天山山脉是一道天然屏障，它也是哈萨克斯坦与吉尔吉斯斯坦和乌兹别克斯坦的国界。希姆肯特是一个边境城市，南行不到一百公里就到了乌兹别克斯坦首都塔什干，它距离吉尔吉斯斯坦边境就更近了。

丝绸之路在这里顺着山势直接向南转了一个大弯，然后穿越乌兹别克斯坦，跨过阿姆河直通印度。这条路也是丘处机当年的西行之路，丘处机一行就是通过这条古道进入乌兹别克斯坦的。

路边的树上鸟巢很多，不时发现鹰在树枝上凝神矗立。山下是土地平坦的牧场，几乎没有发现庄稼，枯黄的野草一眼望不到头。哈萨克汉子在悠闲的看管着自己的牛羊，远处的山峰上白雪皑皑。

◆ 希姆肯特的最高处矗立着这座城市的英雄——拜德别克汗

◆ 雪山下的纪念碑，那里长眠着一位哈萨克斯坦的民族英雄

“十有八日，沿山而西。七八日，山忽南去。一石城当途，石色尽赤。有驻军古迹。西有大冢，若斗星相联。”“又渡石桥，并西南山行五程，至塞蓝城。有小塔，回纥王来迎。入馆。”（《长春真人西游记》）

元太祖十六年（1221）十月八日，丘处机一行离开毕什凯克（大石林牙）继续西行，走了七八天时间，一座红色的石头城挡住去路。城的西边有数不清的坟墓，这些坟墓应该是攻城将士的归宿之地。沿山西南而行又走了五程到达塞蓝城。成吉思汗西征之前，这里曾是西辽国的边境城市，过了此城再往西走就到花剌子模国了。

塞蓝城就是今天的希姆肯特。希姆肯特是哈萨克斯坦国南部重要的工业城市，因为是重工业城市，所以污染很严重，站在城东边的山包上远远地看到整个城市被浓浓的雾霾笼罩着。城市的东山顶上有一座清真寺，清真寺的对面耸立着一座雕像，他是拜德别克汗（632 ~ 718），突厥民族的英雄。这位英雄的纪念碑上有纳扎尔巴耶夫总统撰写的碑文。

◆ 赵道坚，在西行途中病逝于塞蓝城

当年丘处机的高徒赵道坚就埋藏在这座城市的东原上，现在东原上已经挤满了建筑，要想找到那个时期的遗迹看来是不可能的了。

元太祖十六年（1221）十一月四日，连日风雨大作，那天是当地人过年的日子，中午人们都出来相互道贺，庆贺新年的到来。

因为一路艰辛，积劳成疾，追随丘处机四十一年的高徒赵道坚与世长辞。那一天是元太祖十六年（1221）十一月五日。

赵道坚（1163 ~ 1221），原名赵九古，道号虚静子，人称虚静先生，逝世后被龙门派尊为第一代大律师。赵道坚幼时天资聪慧，尤其喜读老庄。金大定十九年（1179）在甘肃华亭拜在马丹阳门下。第二年，马丹阳回终南山，让十七岁的赵道坚到龙门洞拜丘处机为师。丘处机很喜欢这个弟子，为他改名道坚。

丘处机埋葬了自己的爱徒，一行人又出发了。这里距离成吉思汗的行宫不远了，但是道路并不顺畅。冬天已经来临了，前面的道路将会异常艰辛，所以他们得加紧行程赶路。

丘处机一行由希姆肯特穿越天山山脉，南行进入今天的乌兹别克斯坦首都塔什干。

希姆肯特民居

卷五

吉尔吉斯斯坦

大石林牙—毕什凯克

吉尔吉斯斯坦与中国的新疆接壤，天山山脉成了两个国家的分界线。汗腾格里峰和托木尔峰是天山上的两座高峰，它们就像两个巨人兄弟在冰天雪地的天山上徜徉嬉戏。天山山脉东边，新疆的西南部干旱少雨，但老天似乎对天山西边的吉尔吉斯斯坦格外厚爱，阿克苏有两条河流一路向西穿越天山，在吉尔吉斯斯坦的湖泊里找到了它们的乐园。

2014 年 11 月 4 日，阴，毕什凯克。

这周的计划是去拍摄伊塞克湖。

天山山脉向西行二百余公里，有一大湖泊挡住去路，周围山间的众多溪流在此汇聚成一汪湖水，这就是世界第二大高山湖泊——伊塞克湖。伊塞克湖有

◆ 美丽的伊塞克湖

◆ 湖边的度假别墅

多大？绕湖一周开车需要跑两天时间。茂密的森林在山峦上勾勒着美丽的图画，艾特玛托夫的小说《白轮船》里的故事就发生在这里。伊塞克湖依然像小说中那么美丽迷人，但是湖里没有了白轮船。虽然已经到了冬天，但这里感觉不到寒冷，湖水湛蓝，蓝天白云雪山倒影其中，如仙境一般。

玄奘西天取经时曾经路过这里，他留下了关于伊塞克湖的最早记载："山行 400 余里至大清池。周千余里，东西长，南北狭。四面负山，众流交凑，色带青黑，味兼咸苦，洪涛浩瀚，惊波汨忽，龙鱼杂处，灵怪间起。所以往来行旅，祷以祈福。水族虽多，莫敢渔捕。"

伊塞克湖再往西走，看到了满地的庄稼，地里面还种着白菜，路边还不时出现卖白菜的摊点。这里住着东干人，这些操着陕西方言的人声称自己是中原人，是"陕西老回回"。东干人是 150 年前从中国陕西一路向西穿越甘肃青海和新疆，翻越天山来到伊塞克湖西岸。与当地的游牧民族不同，东干人擅长种植庄稼。他们带来了中原的蔬菜和粮食作物，在肥沃的平原上日出而作，日落

◆ 吉尔吉斯斯坦的民族英雄玛纳斯

而息，用勤劳的双手繁衍生息，养育着他们的后代。

靠近边境线的一个集市上，我们遇到了一位老者，他的名字叫侯赛因，汉姓马。当我用陕西话向他问候的时候，他大吃一惊。握着我的手激动地说：“咱人来了！”。他的陕西话说得很地道，虽然不时出现一句哈萨克语或者俄语，但我还是能明白他的意思。他请我们一行人吃饭，饭馆里的人都是东干人，大家说的话都是陕西方言。我们吃的是陕西面食，在异国他乡能吃到面食算是享福了。老马在这里做钱庄生意，他还有几处店面，店里卖的货物都是从中国进口的。他的日子过得不错，人缘也好，他的外甥安胡赛是皇上（这里人把村长叫皇上）。安胡赛曾经到过西安，算是当地的名人啦。老马的村庄就在吉尔吉斯斯坦和哈萨克斯坦的国境线上，一条不太宽的河流把村子一分为二，河流自然就成了两国的分界线了。苏联没有解体的时候，这里没有国界。现在村里人要串门还得经过关卡出国，走亲访友还真成一件大事了。

伊塞克湖西行二百公里，就到了吉尔吉斯斯坦国首都毕什凯克。

元太祖十六年（1221）十月初，丘处机一行由伊犁河出境进入哈萨克斯坦境内，然后西南而行，过阿拉木图，越楚河，穿越吉尔吉斯山，到了今天的毕什凯克。

“（1221）十有六日，西南过板桥渡河（楚河）。晚至南山下，即大石林牙。其国王辽后也。自金师破辽，大石林牙领众数千，走西北，移徙十余年，方至此地。其风土、气候与金山以北不同，平地颇多以农桑为务，酿葡萄为酒。果实与中国同。惟经夏、秋无雨，皆疏河灌溉，百谷用成。东北西南，左山右川，延袤万里。传国几百年。乃满失国，依大石士马复振，盗据其土，继而算端西削其地。天兵至，乃满寻灭，算端亦亡。又闻前路多阻，适坏一车，遂留之。”（《长春真人西游记》）

大石林牙就是今天的毕什凯克，它是西辽国的国都（虎思斡耳朵），也是丝绸之路上的一座古城。

1125 年，辽国为金国所灭，辽太祖阿保机八代孙耶律大石（1087 ~ 1143）率族人一路向甘肃新疆方向扩张，攻城略地，建立了强大的西辽帝国，史称黑契丹或哈剌契丹。耶律大石“通辽汉字，善骑射”，曾官至翰林学士。契丹语把翰林称为林牙，所以人们称他为大石林牙。

西辽帝国疆土东到甘肃敦煌，西至咸海，南到昆仑山脉，北到蒙古国西北与俄罗斯接壤。耶律大石经营的西辽帝国是中亚强国，其面积远远大于当初的辽国国土。1218 年，西辽国为成吉思汗所灭。

当地的气候与阿尔泰山北麓有所不同，这里土地平坦，适宜种植庄稼，田野里盛产的葡萄可以酿酒，果园里的水果如同中原。当地夏天和秋天不下雨，田里的庄稼全凭河里的水来灌溉。东北和西南皆有山脉，中间一马平川，沃野千里。

卷六

乌兹别克斯坦

塔什干

乌兹别克斯坦东部费尔干纳盆地就是西汉张骞曾经路过的大宛国。

张骞寻找大月氏（ròu zhī）之旅，无意间开阔了大汉王朝的心胸和视野。太史公司马迁用“凿空西域”来形容这段荡气回肠的西行之旅。在中原王朝的西边，还有如此灿烂辉煌的文明古国，张骞的发现让雄才大略的汉武帝神往不已。那条漫无边际的古道上，行走着看不到头的骆队和络绎不绝的商旅。这条古道后来成为大汉王朝与西域诸国经济文化往来的重要途径，它成为古代亚欧非三大洲的文明之路，后人给它起了个浪漫的名字——丝绸之路。

公元前 177 年～ 176 年生活在今天甘肃省河西走廊张掖至敦煌一带的月氏人为匈奴所败，赖以生存的土地被匈奴侵占，月氏人不得不背井离乡一路向西迁徙，最后他们在阿姆河北方上游的费尔干纳定居下来，完成了人类历史上第

博物馆前的丝路商旅雕像

一次民族大迁徙。留在河西走廊的一小部分月氏人，称小月氏，西迁的月氏人被称为大月氏。

上天似乎对塔什干格外垂青，她给这个“石头之城”在奇尔奇克河谷的绿洲里找到安身之处。古老的丝绸之路横穿绿洲而过，塔什干，这个周围被沙漠和戈壁围绕的城市因为有了绿洲的庇护才出落成璀璨的丝路明珠。古城始建于公元前二世纪，它是丝绸之路上的重要枢纽之一，张骞、法显、玄奘都曾在此留下过足迹。

2015 年 6 月 10 日，晴，北京。

凌晨两点启程赶往北京机场，乘坐五点五十五的早班飞机，抵达阿拉木图已近中午十二点。阿拉木图是中亚的中转站，飞往中亚各国的航班都要经过天山下的这座古城。休息半小时，继续飞往塔什干。飞机起飞时从窗外俯瞰大地，群山被冰雪覆盖，哈萨克斯坦似乎依然停留在冬天，让人有时光倒流的错觉。只是苍莽大地上星星点点的绿色和温暖的阳光提醒着自己，这里是夏天。午后两点，飞机降落在乌兹别克斯坦首都塔什干。

6 月初北京的天气比较凉爽，早上出门时还特意加了件外套。温带大陆性气候的塔什干就是另一番景象了，一下飞机就感到一股热浪扑面而来，光线很刺眼，酷热难忍。不一会就大汗淋漓，恨不得光着膀子。司机说现在还不到四十度，炎热的天气这才刚刚开始，七八月份才是一年最热的时候。

丘处机一行于元太祖十六年（1221）十一月中旬到达塔什干。前一年的正月十八日，他们从山东莱州大基山出发，一路走走停停，及至塔什干，已过去了一年零十个月。而在二十一世纪的今天，我们从北京到塔什干仅仅用了八个小时而已。这八小时在飞机上吃饭、喝饮料、睡觉、拍照，时间就是这样打发掉的。丘处机一行走了二十二个月，他们用一双脚在丈量着万里西域之路。

6 月 11 日，晴，塔什干。

今天邀请塔什干音乐学院的两位教授——花刺子模艺人，去山里演奏民族音乐。有一位教授还带着他的孩子，这孩子手鼓打得特别好。西域人都是音乐天才，他们带的乐器很多，每个人竟然会演奏多种乐器，甚至连开车的司机都会吹笛子打手鼓。艺人们在三角湖边的山洼里尽情表演，西域音乐第一次萦绕在我的耳际，凄美悲伤的音调在山谷里回荡，似乎在诉说着花刺子模国那段充满着血泪的历史。

有一群牛闯入镜头，这些可爱的动物们显然是被美妙的音乐打动了，它们也闻声前来先听为快，这些不速之客为画面增添了许多情趣。

我们住在乌兹别克斯坦大酒店，酒店前面的公园里有一尊雕像，那是这个国家的骄傲——帖木儿大帝。这位来自碣石城的汉子幸运地娶了西察合台汗国合赞汗的女儿，从而继承了察合台汗国的遗产。雄才大略的帖木儿经过三十多年的征战，建立了一个以撒马尔罕为首都，领土从德里到大马士革、从咸海到波斯湾的大帝国。这位彪悍的跛子皇帝把战败国变成了地狱，却将自己的国都撒马尔罕建设得富丽堂皇。帖木儿帝国时期被誉为“帖木儿文艺复兴”、“波斯文学艺术的黄金时代”。

酒店的前面还有一座国家博物馆，里面展示了帖木儿帝国的辉煌成就。博物

◆ 音乐学院的两位教授在演奏花刺子模音乐

◆ 帖木儿是一个突厥贵族，他称自己是成吉思汗的后裔。1369 年他取代了察合台汗国，建立了帖木儿帝国。图为帖木儿与大臣们在议事。摄于乌兹别克斯坦国家博物馆

馆中央有一巨幅画像高达二十多米，画面展示了帖木儿同他的臣子们在朝廷议事的情景。里面有四个英俊潇洒举止优雅的皇子，还有一个漂亮的女人在阁楼上眺望，她应该是帖木儿的妃子了。

塔什干的街道宽敞干净，道路两旁的杨树高大挺拔，这里的建筑都有浓郁的中亚风格，穹顶、圆柱、高高的塔楼相映生辉。城中的高楼大厦很少，绿树成荫，植被丰茂。这里的大学没有围墙，朝气蓬勃的学生行走在大街上，穿梭于教学楼之间。整座大学与城市融为一体，如果不是大楼前的铭牌，外国人肯定以为这里是政府的办公楼。

参观完清真寺，在路边喝饮料时，远远地看见一个高大的穹顶建筑。我还

◆ 塔什干集贸市场外部的穹顶

以为是体育场，司机说那是市场。有这么大的市场吗？里面的好东西一定不少，我一听就来了兴趣，去看看颇具异国情调的市场吧。这个穹顶市场有半个足球场那么大，分上下两层，里面卖的是日用品和服装鞋帽之类的商品。第二层的商品中干果最多，葡萄干、杏干、核桃、椰枣、孜然、胡椒、蜂蜜琳琅满目。这里的商人很好客，当人们知道我们是从中国来的，都争相同我们合影，让我们随意品尝干果，希望能把他们的干果带回中国去。这里的蜂蜜太好吃了，一问价钱，竟然比国内便宜三成。

撒马尔罕

2015 年 6 月 13 日，晴，撒马尔罕。

早上八点半出发，由塔什干赶往撒马尔罕，两地相距三百五十公里。相较中国的国道，哈国和乌国的国道路况要差得多。

出城不到一小时，我发现高压电线杆上有大鸟，用长焦端镜头拍摄，仔细分辨后，发现了意外之喜，原来这是中国的一级保护动物——东方白鹳。现在是这些大鸟的繁殖季节，鸟巢就筑在高压电线杆上，距离地面有二三十米高。小宝宝们在巢里或站或卧静静地享受着大鸟的呵护。一只大鸟觅食回来，小鸟们就张大尖尖的长嘴争先恐后地讨要食物。另一只大鸟则纵身一跃，直上云霄，它要去远处的河谷为孩子们寻找更多的美食。这个季节正是小鸟们发育成长的时候，它们的食量大得惊人，一家四五口的食物全靠两只大鸟来解决。在这炎

东方白鹳在高压铁塔上建巢育雏

热的季节里，人待在阳光下一会就受不了了，这些大鸟却能经受阳光一整天的暴晒。动物的适应能力着实让人佩服。

撒马尔罕地处平原，生态环境良好，800年前这里还是一片沼泽，现在则是一眼望不到边的肥沃良田。一条河从田间穿过，河岸上芦苇遍地。这里的农田有良好的灌溉系统，田野里绿油油的棉花一眼望不到头。农民开着拖拉机给棉花喷洒农药，拖拉机的前面装着一排喷头。

道路两边成排的桑树枝繁叶茂，丘处机当年曾经在一棵大桑树下休息，那桑树太高大了，树荫下竟然可容百人乘凉。快到撒马尔罕地界了，在铁路边看到一座石拱桥，那桥面不是圆弧形，倒像个三角形，桥已经废弃不用很久了，不过从桥身的破损程度来看，它的历史应该非常久远。

“仲冬十有八日，过大河，至邪米思干大城之北，太师移剌国公及蒙古、回纥帅首载酒郊迎，大设帷幄，因驻车焉。”（《长春真人西游记》）

元太祖十六年（1221）十一月十八日，丘处机一行来到了撒马尔罕（《长春真人西游记》称其为邪思米干达），他们受到了当地官员的热情招待。因为千里之外的阿姆河上的桥梁在战乱中损坏，那里还有流寇在作乱，再加上冬天

◆ “列基斯坦”神学院

马上就来临了，当地的官员建议丘处机在此休养时日，等来年春天再去见成吉思汗。

丘处机一行“由东北门入。其城因沟岸为之，秋夏常无雨，国人疏二河入城，分绕巷陌，比屋得用。方算端氏之未败也，城中常十万余户。国破而来，存者四之一，其中大率多回纥人，田园不能自主，须附汉人及契丹、河西。其官亦以诸色人为之，汉工匠杂处城中。”（《长春真人西游记》）

撒马尔罕是花剌子模国的新都。元太祖十五年（1220）五月，成吉思汗与窝阔台、察合台会师于此城，经过两天激战后攻破此城，投降的三万突厥和康里将士被蒙古人在城外集体屠杀。

战争已经过去了快一年时间了，城里的人口只有战前的四分之一，田地没有人来耕种，只有依靠汉人、契丹、河西人才能勉强维持生产。城里的秩序依旧混乱，盗贼众多。刘仲禄担心丘处机的安全，让他住在城北的军营里，丘处机不以为然：“道人任运逍遥，以度岁月。白刃临头，犹不畏惧。况盗贼未至，复预忧乎？且善恶两途，必不相害。”

撒马尔罕城中竟然有汉人工匠存在，这些汉人是怎么到这里的？在花剌子模国之前，这里是西辽国的河中府。西辽的创国之君是耶律大石，他幼年接受

撒马尔罕旧城发掘出来的人头骨

大炮和炮弹

◆ 夕阳余晖下的“列基斯坦”神学院

过汉地文化教育，在辽国时曾经官至翰林学士。他的西辽国按照中原的典章制度来立国设官，所以在他的国度里有汉人工匠再正常不过了。撒马尔罕作为丝绸之路上的重要城市，千百年来一直是商人僧侣的聚积之地，来这里经商的汉人应该也不少。丝绸之路沿线的城市建设、冶铁、农具生产、稼穑等，这些来自中原帝国的工匠们功不可没。

古城已经是一片废墟，杂草丛生，一段高高的土墙有二百多米长，同不远处的清真寺和高楼大厦形成不和谐的反差。如果不是有人提醒，谁会想到这里就是闻名遐迩的丝路古城撒马尔罕呢？

这座由粟特人建造于公元前五世纪的古城，在元太祖十五年（1220）五月遭受了灭顶之灾。现在城内的大多数建筑都是帖木儿大帝时修建的。

我们参观了博物馆，里面展示了800年前的器物，其中一处展柜里竟然有四个骷髅头，上面有明显的刀伤。

将近800年了，岁月的流逝，风雨的侵蚀，让这座古城彻底失去了它原有的风貌，任杂草青藤随意疯长。整个废墟南北宽至少有两公里，行走其中，一会儿爬坡，一会儿下沟。有坡的地方应该是城墙，低洼的地方可能就是城区了。

在一处沟壑边听到了羊的叫声，仔细寻找却不见羊的影子。好不容易在一片草丛边发现了一个垂直的地洞，洞深大概有十几米，里面竟然有一只羊。可怜的家伙不知何时跌落进去的。羊儿听到有人走近叫得更厉害了，听着让人揪心。我只能往洞里多扔些草，让这家伙别饿着，希望它的主人早日找到它。老天保佑！

行走在撒马尔罕的大街上，宛若在今古之间穿越。这里的清真寺、神学院和陵墓随处可见，这些宏伟庄严的古建筑都是帖木儿帝国的产物，这位乌兹别克斯坦的英雄把自己的国都建设得规模宏伟、富丽堂皇，他留下的历史财富直到今天依旧让人叹为观止。

2000年，撒马尔罕古城被联合国教科文组织评为世界文化遗产。

修建于十五世纪的古尔艾米尔陵墓位于撒马尔罕市区内，这里是帖木儿及其后代的陵墓。陵墓造型壮观、色彩鲜艳，高大的穹顶在阳光下熠熠生辉，即使在很远的地方都能看见。人们来到这里拜谒这位英雄和他的后人，神职人员念着悼词，虔诚的人们跪在地上，重复着悼词，表达对英雄的敬仰和爱戴。大厅中央放着几个用玉石雕琢的棺材，据说里面躺着这位英雄和他的后人。

列基斯坦神学院是十五世纪穆斯林的最高学府，贴着彩色琉璃砖的高大穹顶显得庄严肃目，墙体上由条砖构成的几何图形色彩斑斓。

兀鲁伯天文台坐落在撒马尔罕的东郊，它由帖木儿的孙子、天文学家和哲学家兀鲁伯于 1428 ~ 1429 年建造。这座天文台具备当时最先进的天文测量水平，现在这里仅存用四十米大理石做成的六分仪和水平度盘。

“壬午之春正月，杷榄始华，类小桃，俟秋采其实，食之味如胡桃。二月二日春分，杏花已落，司天台判李公辈请师游郭西，宣使洎诸官载蒲萄酒以从。是日天气晴霁，花木鲜明，随处有台池楼阁，间以蔬圃，憩则藉草，人皆乐之，谈元论道，时复引觞，日昃方归。”（《长春真人西游记》）

撒马尔罕的城郊多园林，《长春真人西游记》中多有记载。丘处机在这里看到了中原才有的景致，春暖花开的时节，他同当地的官员们吟诗作赋、品茶对弈，日子过得倒也清闲自在。

我们的午餐就是在城郊的一处园林里享用的。林中有河，河边有樱桃树和杏树。树上熟透的樱桃红彤彤的，让人看了眼馋。时值六月中旬，这里的天气炎热异常，坐在水边的樱桃树下，凉风习习。一会主人端上来用河水浸泡过的大西瓜，咬一口，甜意沁人心脾，一身的疲惫顿时消失得无影无踪。

布哈拉（BUKHARA）

2015年6月15日，晴，布哈拉。

清晨八点半从撒马尔罕出发前往布哈拉，两城相距三百多公里。道路状况不错，双向四车道，限速八十公里。司机一路上风驰电掣，四个多小时我们就到了。

布哈拉是乌兹别克斯坦西部城市，规模不大，但别具特色。如果说撒马尔罕像个贵妇人，那么布哈拉就是小家碧玉。街道宽阔，房屋并不高，漫步其中，就像穿越到了中世纪的花剌子模国。

路遇一个穿着乌兹别克民族服装的少女，她的裙子鲜艳多彩，我忍不住驻足欣赏，她害羞地快步跑开了。城市之中古建筑星罗棋布，布局精巧而别致。布哈拉不愧是中世纪城市的典范，该市被联合国教科文组织列为世界文化遗产。

公元七世纪，伊斯兰教开始在布哈拉传播，城中修建了许多清真寺、神学院和其他祭祀场所，这座丝路古城成为当时著名的伊斯兰教学术重镇。今天，中世纪时期的建筑，夏宫、雅克城堡、萨莫尼皇陵、波依卡扬广场、兀鲁别克神学院、米利——阿拉伯伊斯兰神学院，依然散落在这座古老的城市之中。

唐代“昭武九姓”中的毕国和安国，说的就是布哈拉。布哈拉曾是丝绸之路的重镇，它在东西方贸易和文化交流中发挥着重要作用，至今该市仍保留着许多古代的集市遗址。西域善于经商的粟特人——“昭武九姓”就是通过丝绸之路进入大唐帝国的，这些勇于进取的胡人操纵着丝绸之路上的国际中转和贩卖贸易。中唐五代以及宋初，中原帝国陆路贸易最大的中转站就是宁夏的灵州（灵武），唐朝政府在宁夏灵武和固原地区为西域来的粟特人设置了专门的居住区。二十世纪八十年代，固原陆续发掘出了昭武九姓人的古墓，出土了大量的西域文物。其中最引人注目就是古墓中的壁画“胡旋舞”，这种胡人的舞蹈在唐代文人墨客的诗里能寻觅到她的魅影。

波依卡扬清真寺的宣礼塔高高地耸立在古城之中，即使在几公里之外的地方也能看见尖尖的塔顶。据说成吉思汗攻破此城之后，来到这里对神职人员和市民们发表了演讲。他数落了花剌子模国王摩柯末的罪行，赦免了城里的平民百姓。在城里的富户交纳了金银财宝之后，这位蒙古大汗领着他的军队离开此城去攻打撒马尔罕了。

布哈拉地处中亚交通要道，是当时的中亚重镇，该城分内外两城，形同中国内城外郭的战略布局，城高墙厚，有十二道城门。整座城市就是固若金汤的军事要塞，花剌子模国王摩柯末派重兵镇守此城，要攻破这座军事要塞其难度可想而知。

当蒙古大军悄然而至包围该城时，守城将领哈迷的布尔根本没把对手放在眼里。成吉思汗和托雷率军攻城，双方用抛石机和弩炮互射。高大厚实的布哈

◆ 布哈拉的王宫

◆ 高高的宣礼塔是这座城市的地标

拉城墙还是没有抵挡住蒙古人的进攻。元太祖十五年（1220）二月十一日，布哈拉陷落，守城的两万将士全部战死。布哈拉的陷落使花剌子模的西部屏障门户洞开，蒙古人可以在一马平川的平原上发挥骑兵的优势，直捣中亚明珠撒马尔罕。

布哈拉人也很注重风水，清真寺旁有河有池，高大的桑树围绕着水池，亭台楼阁井然有序，游人徜徉在树荫下真是一种享受。

晚上在清真寺旁的露天餐馆用餐，巨大的方形水池喷泉四射，彩灯环绕，把夜色装扮得格外浪漫。游客在此享受着美食和音乐，有歌手在吟唱布哈拉的民歌。人们生活得很快乐，似乎有意在淡忘那段血雨腥风的历史。

拍摄清真寺遗迹时遇到两个老外，他们用汉语同我打招呼。在这里能听到老外讲一口流利的汉语真不容易，他们刚从上海来这里。

在宣礼塔拍片时，我遇到一对拍婚纱的情侣，男士主动要求我同他俩照相，热情好客得让我没有拒绝的理由，盛情难却，只好欣然应允啦。

拍完片后准备离开博物馆，同伴突然发现自己的手机不见了，几个人一时都慌了神。司机说别急，手机应该还在那里等着它的主人呢！这怎么可能？

这么长时间了，它可能早被人捡走了。几个人赶紧去刚才拍片的地方寻找，果然手机还在长凳上乖乖地待着呢！司机说乌兹别克人从来不捡不属于自己的东西。

布哈拉的人是幸福的，从人们的行走表情待人接物中可以感受到，我也被这种气氛所感染。语言不通并不要紧，微笑就是很好的沟通方式。大人小孩见了陌生人，会主动微笑着点头，右手放在胸前向你问好：“你从哪里来？”“真主保佑你旅途平安。”

人们的脸上洋溢着恬然的微笑，泰然自若地行走在大街上。头顶上艳阳高照，清真寺广场前面的树荫下，人们喝着冷饮，谈笑风生，享受着快乐的时光。这里的人日子过得并不富裕，但他们是最幸福的，快乐与口袋里有多少钱没有直接关系。一个民族的热情源自于她的自信，自信则来源于淳朴的信仰，一个自信的民族一定是一个伟大的民族。

◆ 炮弹，小一点的是铁铸的，大一点是的石头的。炮弹中间有一小孔，里面可以装火药

◆ 布哈拉的灌溉系统在中世纪就已经很发达

希瓦（KHIVA）

2015年6月18日，晴，希瓦。

希瓦古城是花剌子模人的发祥地，这个沙漠中的小城就在阿姆河畔。从布哈拉驱车七小时，在沙漠公路上行驶六百余公里，过了阿姆河就看到绿树环绕

◆ 王后和她的侍女——博物馆里的壁画

的希瓦古城。

上天对这座古城格外慷慨，将她安置在沙漠中仅有的一片绿洲上，让阿姆河永远地守护着她。阿姆河把自己最后的一丝爱恋给予了这座古老的城市。千百年来，河水滋养着两岸的绿洲，人们在土地上耕种着小麦、玉米、西瓜、棉花等农作物。沙漠就在不远处虎视眈眈，仿佛随时准备着要吞噬这颗绿洲上的明珠。没有了水，一切都将不存在，人类的文明就没有生存的基础。聪明的希瓦人很早就学会了建造水利工程，四通八达的灌溉系统把阿姆河水引到平原中的各个地方，滋润着田里的庄稼和果园，养育着被荒漠围绕着的希瓦人民。

中世纪时这座丝绸之路上的古城就被誉为“中亚名珠”和“太阳之国”。中亚有句谚语：我愿出一袋黄金，但求看一眼希瓦。可见这座迷人的古城是中亚人民心中的乐园。

沙漠名城希瓦偎依在阿姆河

◆ 王宫

◆ 站在城墙上，整个城市一览无余

◆ 清真寺

畔，它是花剌子模人的故都，今天这里还有花剌子模族人在此生活。希瓦由新城迪昌喀拉和伊钦喀拉组成，其中伊钦内城被联合国教科文组织列入世界遗产名录。伊钦由两层城墙环绕着，内城的面积不大，南北城墙长 650 米，东西城墙长 400 米，城墙有 10 米高。70 多米高的宣礼塔是古城的制高点，站在上面可以俯瞰全城。

这座通身赤色的城墙上，无数垛口紧密相连，垛口都很大，方便城上的守军瞭望和射击。在中世纪它不仅是丝绸明珠，还是一座坚固的军事要塞。

城墙围绕着城区，将城中的市民揽入自己的怀抱。城中有宫殿、经学院、清真寺、商铺和博物馆。博物馆里珍藏着花剌子模国至近代的文物。花剌子模人用过的马刀、甲胄、沙俄时代的火枪。其中的镇馆之宝是王后的头饰，头饰精美绝伦，可以想象王后多么靓丽可人。

我们住的酒店就在古城的对面，站在窗前就能看到夕阳余晖下的古城魅影。酒店前有一座水池，高高的赤色城楼倒映于水中，简直就是一幅浑然天成的图画。

进入城中，路两边的台阶上摆满了大大小小的盘子，那是蒙元时期传自中国的青花瓷工艺制成的。盘子的做工不算细腻，质地也比较粗糙，朴素的图案却让人眼前一亮。同事看中了一个硕大的青花瓷盘子，一问价钱，才 60 元人民币。琳琅满目的商品中最吸引人的还是那些色彩靓丽的乌兹别克斯坦服装和头饰。

在一处殿堂里，几个孩子在雕刻殿堂里用的工艺品，手里的工具都很简单。有一个大点的孩子在雕琢一根木头柱子，一个成年人在旁边指点着。柱子已经初现模样，跟我在大殿里看到的柱子很相似。古老的雕刻技艺在这里得以传承，让孩子们从小就学会古老的雕刻技术，希瓦古城的修葺工程应该不会后继乏人吧。

800 年来，王朝的更替风起云涌，它们在史书上仅仅留下了一瞬间的记忆

高大厚实的城墙也没有挡住蒙古的铁骑

◆ 热情好客的希瓦市民

而已。花剌子模的血脉依旧在生生不息，蒙古人的马刀并没有将这个多灾多难的民族从历史上涂抹掉。劫后余生的花剌子模人就像一粒种子，落地就生根发芽，开花结果，繁衍生息，子子孙孙无穷尽也。国破了山河尤在，有人就有希望，有希望就会有生存下去的勇气。饱受过血腥和苦难的民族，才真正懂得和平与幸福的重要意义。

横扫欧亚的蒙古汗国已经成为往日的云烟和历史记忆，蒙古人哪儿去了？他们的马刀在博物馆里缓慢地生着铁锈，那条曾经纵横疆场的长矛锈迹斑斑，也许一阵风就会把它吹得无影无踪。

今天，蒙古族已经是乌兹别克斯坦民族大家庭中的一员。蒙古人星星点点地分布在这个国家的草原上山谷里，他们或放牧或耕种，安静地享受着长生天赐予的幸福和快乐，安逸自在地过着日子。历史的宿怨和仇恨已经烟消云散了，战争早已被人类厌弃，和平才是大家共同的心愿。

消失了的西域佛国

元太祖十六年（1221）九月六日，丘处机在今天的新疆昌吉看到最后的佛寺和僧侣，那里的和尚告诉他，再往西行就没有佛寺了。

玄奘去印度求法，他为飒秣建国（撒马尔罕）国王讲说佛法，深得国王信服，佛教逐渐在此传播。《大唐西域记》记载，玄奘法师在铁尔梅兹（当时的呾蜜国）看到了“伽蓝十余所。僧徒千余人”。

西域佛国真的在十三世纪初就已经消失很久了？丘处机一行在今天哈萨克斯坦的西姆肯特（塞蓝城）还看到过佛塔呢。

沿着这条丝绸古道，我从哈萨克斯坦、吉尔吉斯斯坦到乌兹别克斯坦，在这些国家荒弃的城郭里寻找佛教的遗迹，均一无所获。

◆ 铁尔梅兹博物馆

在乌兹别克斯坦靠近阿富汗的边境城市铁尔梅兹博物馆里，我看到了一只残存的佛脚和寺院遗迹，我终于找到了佛法东传的印迹。现在的铁尔梅兹，玄奘法师当初看到的“佛寺十余所”，仅留下一只残存的佛脚了！

佛陀慈眉善目，宽柔以教，不报无道。他普度众生，却保不住自己的身躯，仅仅给追寻佛踪的后人留下了一只残缺的大脚。

令人深思的是，佛教最初由西域传入中国，它却最先在西域走向没落，而且消失得无踪无影。佛今天还在中华大地上觉悟着众生，天水的麦积山石窟、洛阳的龙门石窟、大同的云冈石窟，以及星罗棋布在中国各地的寺院，至今香火不断，游人如织。

佛由西方而来，她停驻在东方人的心灵深处，也许东方才应该是佛的乐土……

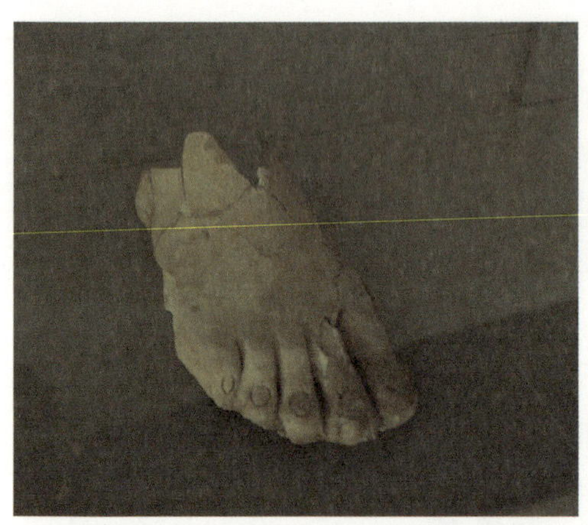

◆ 残存的佛脚

◆ 残缺的寺院建筑

◆ 复制的古城门

◆ 出土的青花瓷

流向末路的阿姆河

阿姆河，《史记》称阿姆河为妫水，《新唐书》称作乌浒水。

丘处机于元太祖十七年（1222）三月底渡过阿姆河，路过铁尔梅兹，来到了今天的阿富汗。这条河流与丘处机有缘，他们一行后来又多次渡过此河。

阿姆河发源于帕米尔高原5000～7000米的雪山，是中亚地区最大的河流，也是中亚人民的母亲河。它流过巍峨峥嵘的高山和浩瀚无边的沙漠，小心翼翼地沿着土库曼斯坦和乌兹别克斯坦的边境线一路向西北方向流去，最后流入位于哈萨克斯坦和乌兹别克斯坦边境的咸海。

数千年来，咸海的水源主要来自阿姆河和锡尔河。咸海没有输出的径流，水位通过注入和蒸发之间的自然平衡得以维持。

阿姆河经过的地方广布绿洲，形成发达的灌溉农业区。沿途的阿富汗、土库曼斯坦、乌兹别克斯坦国都受到这条母亲河的呵护。居住在阿姆河流域的有塔吉克人、土库曼人、乌兹别克人、卡拉—卡尔帕克人、鞑靼人、哈萨克人和俄罗斯人。

◆ 1960年到2008年咸海的卫星地图（拍摄于布哈拉博物馆）

◆ 锈迹斑斑的渔船一直在默默地期待着远航（拍摄于布哈拉博物馆）

这条河流也是丝绸之路的庇护者，沿途的丝路古城都依河而建。炎热的季节里，沙漠和戈壁温度高达50℃以上，公路两边还能看到稀疏的沙柳和肉苁蓉，再远一点就看不到生命的迹象了。

乌兹别克斯坦是农业大国，这里盛产棉花和小麦。西汉时，张骞来到西域，从这里带回了石榴、核桃、苜蓿、杏、胡豆、西瓜。我们一行来到这里，看到田野里熟悉的庄稼时，竟然有了身处中原地区乡村的感觉。当年丘处机在撒马尔罕停息的时候，曾经对这里的物产大为感慨。

阿姆河静静地流淌在漫无边际的沙漠之中，她尽力伸展着臂膀，呵护着那仅有的一抹绿色，哺育着花剌子模的后人。

在高原上漫长的奔腾之途中，这条中亚的母亲河被戈壁和沙漠上空的烈日无情的暴晒着。她那段在上游还算丰腴的躯体在流经沙漠的时候已经日渐消瘦了，最后这位可敬的母亲在给了花剌子模人的故乡——希瓦古城最后一丝眷顾之后，就悄悄地睡着了，被无情的烈日蒸发得无踪无影。

二十世纪六十年代，人类历史上最具野心的工程开始了。挖掘数千公里的运河，从阿姆河和锡尔河取水，不计成本地引水浇灌荒漠，想把浩瀚的沙漠变成绿洲。人们大兴水利的原因很简单，与其让咸海里的水白白蒸发掉，还不如

好好利用它，把大片的沙漠变成绿洲。

大自然经过几千年才积累的生态平衡就这样被人类的聪明才智彻底摧毁了。谁会想到，上世纪六十年代以前的几千年里，咸海曾经是世界上四大内陆湖泊之一！

咸海没了，绿洲成了泡影，沙漠依旧在肆无忌惮地四处蔓延。当年的渔民变成了牧民，他们在贫瘠的沙漠地带艰难地生活着。

几艘孤零零的大船搁浅在沙丘上，它们一直在期待扬帆远航……

铁尔梅兹（TERMEZ）

2015 年 6 月 21 日，晴，铁尔梅兹。

早上七点，从塔什干飞往铁尔梅兹，九点到达。铁尔梅兹是乌兹别克斯坦的边境城市，与阿富汗隔着阿姆河，过了河十公里左右就到了阿富汗境内。刚出机场，就感受到边境城市的紧张气氛，上车准备取相机，司机说不可以拍照，路边有警察岗哨和巡逻车。车行至阿姆河边，司机指着河对面说："Afghan bomb bomb！"意思是过了河到阿富汗那边就很危险了。

简单用餐后直奔该市博物馆。该馆是在总统的倡议下修建的，馆藏文物虽然不多，但每件文物的历史内涵都让我感触良多。

乌瞰铁尔梅兹，黄沙和绿洲两分天下，阿姆河养育了丝绸古道上的生灵

◆ 铁尔梅兹街景

如果说乌兹别克斯坦是丝绸之路的交通枢纽，那么铁尔梅兹就是丝绸之路上的咽喉要道。所有的商旅僧人和使者必须经过这里才能到达他们想去的地方，博物馆珍藏的文物见证了这条丝绸古道的发展痕迹。

从几万年前的石器时代，再到陶器时代，还有让中国人熟悉的二世纪的西域佛国，以及以后的伊斯兰和沙俄时代的文物。在众多博物馆中，我在铁尔梅兹博物馆找到了佛教的印记。

虽然展现在我眼前的仅仅是佛像和寺院的残存，但足以证明在公元二世纪，这里是佛教传入中国的必经之路。佛寺在当时的呾蜜国星罗棋布，僧人在其中参禅苦修。玄奘法师当年在这里看到佛寺有十余座，和尚千余人。呾蜜国就是今天的铁尔梅兹。

在博物馆中，展出的瓷器和陶器最多。其中最引人注目的是青花瓷，那应该是从中国引进的。现在的乌兹别克斯坦匠人还在传承着青花瓷的技艺，景区的商店里摆着各式各样的盘子供游客欣赏。中国的茶叶和瓷器通过丝路古道来

◆ 铁尔梅兹博物馆里的文物验证了丝绸之路上的文明历程

到这里，直接上了人们的餐桌，成了当地人不可或缺的日常用品。直到现在，茶在当地语言中还保留着汉语的发音。

铁尔梅兹，丘处机一行经过了这座边境小城，《长春真人西游记》中记载的风景，今天我们依旧可以看到。他们渡过阿姆河，见到河两岸树木繁茂，风景秀丽。丝绸之路在这段是沿着阿姆河走的，因为河两边不远的地方全是沙漠和荒山，离开了河流，人就无法生存。阿姆河为群山环绕的平原带来了生机，人类的文明在这片绿洲上得以传承生息。

元太祖十七年（1222）三月十五日，丘处机从撒马尔罕出发，过铁门关，经铁尔梅兹再到阿富汗兴都库什山八鲁湾城。此程用了二十天时间，四月五日，他见到了成吉思汗。丘处机一行元太祖十五年（1220）正月初从莱州大基山昊天观出发，一路走了两年三个月。对于一位古稀老人来说，如此漫长的跋涉，没有一颗悲天悯人的苦心，是难以坚持到最后的。

今天，阿富汗的塔利班势力时隐时现，社会秩序动荡不定，以美国为首的多国部队镇守着各个山口和交通要道。铁尔梅兹的司机说什么也不肯去阿富汗，拍摄丘处机当年

◆ 热情好客的乌兹别克村民

与成吉思汗相遇的兴都库什山的计划就成了泡影。寻找长春真人的西行之路，到了铁尔梅兹的阿姆河边就算到头了。丝绸之路在这里没有被宽阔的阿姆河与浩瀚的沙漠所阻挡，断其前途的却是阿富汗的塔利班势力。

纵观两千年来的历史，这条承载着贸易和文化使命的古道，它中断的时候总比畅通的时候多，其中最重要的原因就是战争。在中国历史上，兴旺发达的汉、唐、元、明这几个朝代才是丝绸之路畅通无阻的黄金岁月。

2001 年 2 月 27 日，为世人敬仰的巴米扬大佛被塔利班炸毁，标志着这条曾经承载着人类历史文明的丝绸古道在阿富汗中断了，人类文明的脚步在这里似乎倒退到了蛮荒时代。

两千年来，我们的祖先一直在奋力打通的丝绸之路，二十一世纪的今天她依旧是历史留给我们的重任……

铁门关

◆ 铁门关已经消失了，险峻的山口依然耸立

2015 年 6 月 22 日，晴。

铁门关是我们必须要去的地方，大唐取经的玄奘法师曾路过此关，《新唐书》中有记载："有铁门山，左右料峭，石色为铁。为关以限二国，以金锢阖城。有神祠，每祭必千羊，用兵类先祷乃行。"如果攻破铁门关，那么撒马尔罕城（花剌子模国都）将无险可守。

元太祖十七年（1222）三月十五日，成吉思汗命令蒙古回纥一千人护送丘处机一行，为了减轻军队的负担，丘处机留下尹志平三人在撒马尔罕城，仅带上五六个弟子同刘仲禄出发。

◆ 高大的梧桐树是人们避暑的好地方

◆ 树洞里的神坛

铁门关是一段一百多公里的关隘，以山为关，层层役防，进退可守，群山之中深沟大壑连绵不断，一直到山北面的碣石古城。当年丘处机路过铁门关的时候，可谓异常艰难，险象环生。在连绵不断的大山中，丘处机乘坐的车在众军前拉后推下，历尽千辛万苦，才经过此关。

经过 800 年的岁月变迁，今天的铁门关是否雄风依旧？

从铁尔梅兹出城西北而行一百余公里，始见大山。山为赤色，沿路环山而行，没有植被，酷热难耐。路过一村庄，村边有泉水，直接可以喝。水入口甘甜清凉，泉边有两棵硕大的梧桐树，树荫下可容几百人休憩。树身中空，宛若山洞，里面可容四人，树洞里供奉着木刻神像。树旁有政府部门立牌为介，文中说这两棵古树有一千多年历史。路过铁门关必经此村，丘处机一行当年肯定在此树下休息过，用泉水泡了茶。

一过此村，绿色尽失，满目荒凉，山势险峻。远远地看到一道山梁如同砌成的高墙，古人要在此设伏兵，要想过此山，比登天还难。这条路是去撒马尔罕的必经之道，当然也是丝绸之路的重要地段。

近 800 年了，铁门关已找不到往日的气势。在大型机械挖掘和工程爆破下，山体被开凿成弯曲的公路，汽车由谷底盘旋而上，直到山顶，再由山顶转弯而下，循环往复。

我一直在寻找书中记载的高山峡谷，今天铁门关下的河流已非往日那么峥嵘可怕。河水浅浅地流过山谷，没有脱鞋，我直接在河中行走。走了半个小时，突然发现不远处有两山体拔地而起，这条河流由山间穿过。两山之间宽不过50米，绝壁穿空。我站在谷底感觉自己太渺小了。河水在此处流得比较急促，山崖绝壁上发现有雀鹰在育雏，一只大鸟在空中展翅飞翔，它看着我这个不速之客。这里少有人来，所行之处只能手脚并用攀壁而行。

同行的彭道长兴致很高，他说书中记载与此处相近。铁门关的森然气氛，我们在此处领略到了。在此处设关，重兵把守，可谓一夫当关，万夫莫开。古关还在，只是没有了守关的士兵，和平年代的军事重镇就成了人们寻幽览胜的最佳去处。

铁门关，希望这段幽谷断崖还能留住，后人还能凭此遥想当年的漫关雄风。

行者彭琏道长

◆ 彭琏道长

从中原到西域诸国，西汉的张骞辗转十余年，随后丝绸之路开阔了大汉民族的眼界和心胸；唐玄奘西域求法十六年，唯识宗在中原大地上觉悟着世人；796 年前丘处机万里西行雪山论道，王道思想才在成吉思汗的心胸中产生了微妙的影响；在二十一世纪交通如此便利的今天，一个全真道士用他的一双大脚丈量了长春真人的西域之旅，他用了 21 个月完成了自己的心路历程。这个人就是彭琏道长！

彭琏道长在山东崂山太清宫修行，他是一个特立独行的人。认识彭琏道长是在几年前，那时我有拍摄《长春真人西游记》的打算，听说有个全真道长徒步行走了丘处机的西行之路。我从网络上看到了关于他的一些报道，对于道长的长途苦行，我肃然起敬。

彭琏道长看过丘处机的弟子李志常写的《长春真人西游记》，他被龙门派祖师的胸怀所感动，于是就发愿要行走祖师的西行传道之路。当时他几乎没有什么积蓄，出门远行，没有钱几乎寸步难行。但是他心里想：当年王重阳祖师从陕西到山东，手捧铁罐一路行乞，走了几个月时间才来到山东。自己还年轻，有的是力气，何不徒步而行？

清朝中期一个叫徐松的人，他被朝廷贬谪到新疆。喜欢读书的他偶尔看到了《长春真人西游记》这本书，他对西域的地理和风土人情颇感兴趣，于是就亲自勘察了阿尔泰山到霍城这段路程。

第一个真正徒步西行之路的人应该就是彭琏道长了。

在二十一世纪交通如此发达的今天，一个人用脚步来丈量数万里的西行之路，那得走多长时间？2011 年 12 月彭琏道长从山东青岛出发，步行 21 个月，完成了西行之路的探访之旅。

这次乌兹别克斯坦之行我们有幸与他同行，用镜头来记录一个全真道士西

彭琏道长在碣石山上打坐

行之路上的点点滴滴。跟他在一起的时候，我一直在聆听他的西行故事，每到一城，他都会给我们讲当初来这里的情景。道长人缘很好，每到一处古迹都有许多人要求与他合影，无论大人小孩都那么主动热情。他们最感兴趣的还是这位长胡子道长会不会武功？能否教他们几招？

彭道长对当年走过的路还记忆犹新，哪里有什么大道，800 年前曾经发生过什么事情，哪里有什么古迹，他都能讲个明白，比身边的导游知道的都要详细。

我一直在思考一个问题，言语不通囊中羞涩的彭道长这一路是怎么坚持下来的？尤其是在酷热难耐的乌兹别克斯坦，中午时分气温有 40℃，城市的大街上几乎没有一个人。通往城镇的道路几乎都在沙漠和戈壁滩上，那里很少有人烟，吃的喝的这些问题他如何解决？

他说自己遇到河流就尽可能多罐几瓶水，饿了就吃点馕，累了就在大桑树下休息，晚上就住在桥洞里或者土墙下，能到人家屋里借宿那算是最好的待遇啦。如果病倒了，就在那个地方多待几天，等身体恢复了再动身向前走。

◆ 彭琏道长穿越碣石山

◆ 与参观古城的外国朋友合影

◆ 山里遇到拍婚纱的情侣一起合影

他几乎能记住自己走过的每一个地方。路过一处山凹处的农庄，他突然叫停车，上次路过村口的一户人家，有位老人摘下自家园里的葡萄给他吃，他想看看那位老者以示感谢。

去碣石城的路上，在山里的农庄休息，几位长者邀请他同席用餐。虽然听不懂长者的语言，但通过手势和表情能感觉到长者对彭道长的敬仰。彭道长说：“你还记得我吗？三年前我在这里吃过饭。”主人说：“记得，记得这位来自东方的贵宾。”老者招呼我们一起吃饭，他知道我们一行已经用过餐，似乎有些失落。最后大家畅谈些许，合影留念，挥手告别。我们带着老者的真诚祝福继续踏上了西行的道路。

2013 年 7 月 15 日这天，彭道长走到了撒马尔罕，他想参观古城遗址，走了大半天不知如何进入，好不容易找到了博物馆，一看门票要 17000 苏姆 (折合人民币 55 元)，他身上的钱不多，正要知难而退。这时，从博物馆出来一位长者。他向道长招手，领他进入博物馆，带他参观了珍贵的馆藏文物。随后道长想参观古城遗址，那位长者也欣然应允了。这位长者就是撒马尔罕市博物馆馆长。

这次来到博物馆，两人又见面了，像一对老朋友一样畅谈叙旧。馆长带着道长先行入馆参观，不过我们必须要买票才能进入。至于拍摄古城遗迹，馆长说了，改天来随时可拍。

在乌兹别克斯坦的边境城市铁尔梅兹，望着阿姆河南边的阿富汗，我们一行人陷入了困惑之中，丘处机西行之路的最后一段——阿富汗兴都库什山去不成了。因为到了阿富汗地界，安全就成了问题。我们雇的司机说那边太危险了，他们不能过去。那条路彭道长走过，他曾经被警察和多国部队盘查过，如果不是一位长老帮助，他可能就成了塔利班的人质了。后来在中国大使馆的帮助下，他才历尽艰辛到达了兴都库什山。我们要去那里，目标太大了，危险肯定避免不了。

五个人去不了的地方，一个人却能够到达，两辆汽车竟然跑不过一双大脚！

我很佩服彭琏道长的勇气和毅力，我也常常反思一个人的心路历程。人如果没有一颗赤诚的求道苦修之心，就是路程再短，也可能寸步难行，无所作为。

◆ 寻访希瓦古城

卷七

俄罗斯

莫斯科之行

2016年7月3日，晴，莫斯科。

从西安飞往莫斯科的航班延误起来没准头，晚上十一点的飞机，竟然凌晨三点才起飞。若大的候机厅，人头攒动，熙熙攘攘，大家殊途同归，要去的地方竟然都是莫斯科。空客330飞机，空间比较大，坐椅还算舒服，七个小时提供了两顿洋快餐，里面竟然各有一包四川榨菜。一夜没有睡好，根本没有食欲。

一觉醒来，天色微明。飞机还在蒙古国西部上空。云层下可以看见一望无际的黄沙和戈壁，没有一点绿色的痕迹，生命仿佛已经在此绝迹！

一片黄沙的尽头，突然出现了湖泊，就像大地的眼睛一样晶莹剔透，倒映着蓝天白云。漫漫沙海之中硬是钻出来个湖泊，真让人意想不到。这水是从哪

◆ 俄罗斯历史博物馆

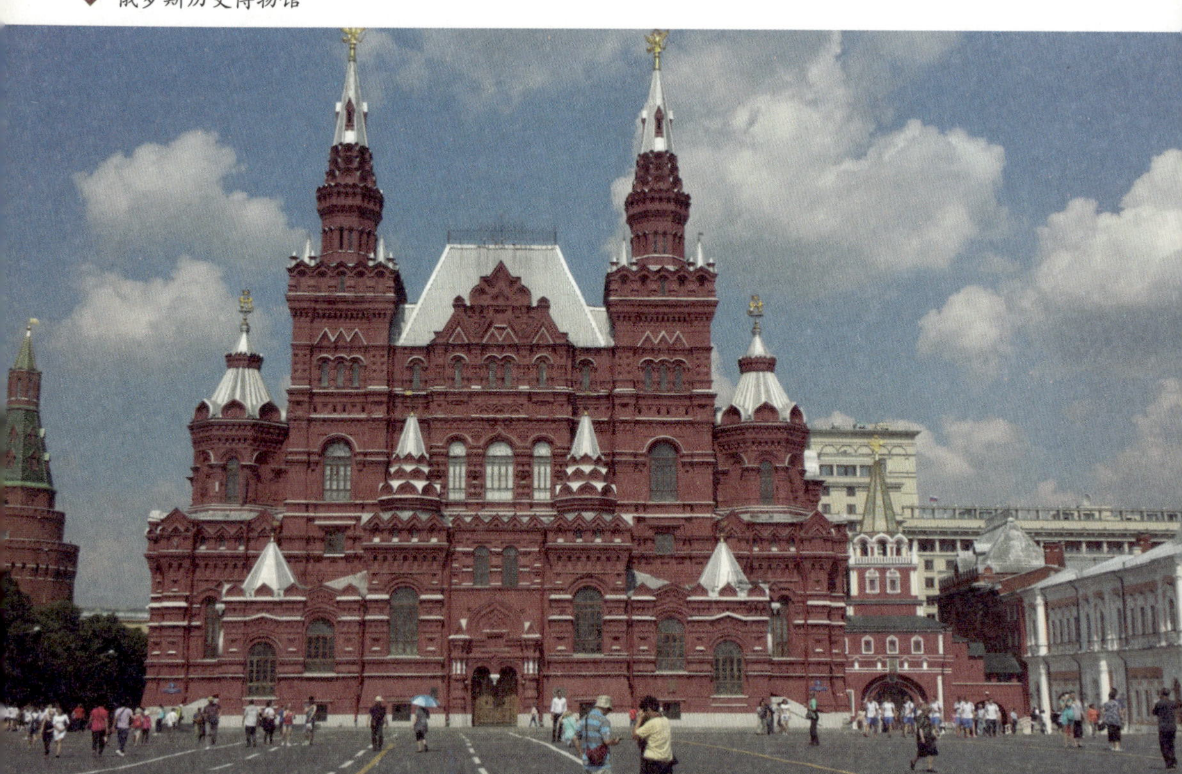

里来的，周围并没有河流，更无大山，那湖水如何存身？不一会儿，飞机就把那片湖水抛在身后，我们又进入沙漠的上空。真担心周围的黄沙会把一汪湖水慢慢地吞噬掉。

不知睡了多长时间，睁开眼睛，发现外面天已经亮了，飞机已经进入俄罗斯国境。老天好像格外垂青俄罗斯，白云下一片绿色闯入眼帘，云层下是一眼望不到边的森林，几乎看不到裸露的土地。湖泊星星点点地散落在森林深处，美丽得让人心动，真有寻幽览胜的冲动。偶尔看到的城市，散落在森林之中，就像不经意间把口袋里的硬币丢弃在绿色的地毯上似的。有公路从森林中穿过，宛若丝线，一会儿隐匿在森林深处，不见了踪迹。

整整四个小时，我们都飞翔在森林上空。世界第一大国俄罗斯，果真名不虚传。

利用这点时间，回顾一下俄罗斯的历史。

在十三世纪，俄罗斯的地域比现在要小得多了。那时俄罗斯的土地上仅仅只有几个小公国，各公国划界而治，人们在草原上放牧，在森林里打猎，享受着宁静和谐的生活。

蒙古人的到来打破了森林的宁静，战争随后吞噬了这些森林之国。

元太宗七年秋（1235），当成吉思汗的孙子拔都汗和速不台率领的蒙古军队出现在俄罗斯公国的地界时，高大健硕的俄罗斯汉子根本没有把这些身材短粗的蒙古人放在眼里。低矮的战马上衣着不整，行军不讲究队形的蒙古骑兵，更是让俄罗斯大兵嗤之以鼻。可是短兵相接之后，俄罗斯军队损兵折将，一败涂地。这些蒙古人的战略战术，俄罗斯军队根本没有经历过。最后俄罗斯人只好掘城固守，各自为战。结果他们的城池在蒙古人的炮火和巨型抛石机面前一座接一座地被摧毁了。元太宗十五年（1243）年雅罗斯拉夫大公宣誓效忠拔都汗，蒙古人成了俄罗斯的主人。

拔都汗在俄罗斯的土地上建立了钦察汗国（金帐汗国），它的都城萨莱就在伏尔加河东岸，里海的入海口附近。俄罗斯在那个时代是大元帝国最北的疆界。苏联作家瓦里西·扬的历史小说《蒙古帝国西征》，给人们讲述了这段悲惨的历史。

1480 年，伊凡三世与蒙古军队进行了长达半年的战争，最后蒙古人被赶走了。俄罗斯摆脱了蒙古人长达两个多世纪的统治，终于形成了统一的国家。这时元朝已经消失了 113 年，这一年是明宪宗成化十六年。

伊凡四世是俄罗斯历史上第一位沙皇。他有蒙古人的血统，母亲叶琳娜是蒙古金帐汗国的后裔。他的祖父和父亲给他留下了庞大的帝国，而母亲遗传给了他蒙古人热衷于扩疆拓土的天性。彼得大帝用他的雄心和武力在扩张俄罗斯的疆土，随后的亚力山大也不甘落后，俄罗斯的领土向北欧不断扩张。

1918 年，列宁推翻了沙皇政权，俄罗斯终于回到人民手中，苏联时代到来了。苏维埃社会主义共和国联盟，是当时世界上国土面积最大和人口位列第

◆ 广场上的大钟

◆ 克里姆林宫

三的国家。其疆域横跨东欧、中亚和北亚。1991 年 12 月 25 日，苏联解体，俄罗斯又回归到它原来的状态。

7 月 4 日，晴，莫斯科。

莫斯科城地势稍高，城区没有高大的楼房，混浊的莫斯科河从城中穿过。与北京和上海这些大都市比起来，莫斯科城显得古老而又散漫，似乎缺少了生气和活力。高大的松树和杨树几乎有二三十米高，给这座森林城市带来了别样的情调。杨树的叶子很小，枝干好像有人专门修剪过似的，苗条修长，白色树身上有黑色的斑点。松树仿佛只知道努力向天空伸展着枝丫，绝不旁逸斜出，修长的树杆让人想起了俄罗斯人的腰身。

莫斯科 2018 年要举办世界杯足球赛，城区到处都在修路，道路本来就不宽，堵车在这里跟中国的大城市一样司空见惯。俄罗斯人酷爱健身，城市的道路旁专门修建了自行车道，骑行在这里是最好的健身运动，不过自行车和汽车的速度很快，中国式过马路在这里肯定后果不堪设想。

莫斯科在1918年之前并不是俄罗斯的首都，革命成功之后，原来的首都圣彼得堡被莫斯科取而代之。莫斯科是俄罗斯的政治文化中心，它不是旅游城市，这里能去的地方只有红场和克里姆林宫。

红场真的是红色的，它坐落在莫斯科河边，规模并不大，只有天安门广场的四分之一。红场上的阅兵式是俄罗斯大秀肌肉的地方，它吸引着全世界人的眼球。上个世纪，红场上的一点小动静，都会让西方世界神经紧张，惶恐不安。

红场有红色的围墙，高大的钟楼，大理石铺就的地面，石块之间有宽阔的缝隙，人走在上面一不小心就可能被绊倒。

刚一下车，我的女儿就大叫起来，“哇，这个城堡真漂亮，像童话世界里的宫殿一样，里面有公主和王子吗？”这个城堡是圣瓦西里大教堂，它给人们带来了意想不到的惊喜。在现代化的大都市里，竟然还有这样古老雄伟而又色彩艳丽的建筑，我们仿佛穿越到了500年前的沙皇时代。

圣瓦西里大教堂修建于1555～1561年，勘称俄罗斯艺术的典范。整座教堂是由大小九座高塔巧妙组合而成的，八座塔众星捧月似的环绕着主塔，构成了一组精美的建筑群体。教堂为圆顶塔楼，中央主塔高47米，周围是八座图案、形状、高低、色彩、装饰不尽相同的洋葱头式穹顶，人们给这座教堂起了个形象的名字——洋葱头。教堂用红砖砌成，白色条石勾勒，红、黄、绿色的穹顶鲜艳靓丽。即使在很远的地方，人们都能看见这几个可爱的洋葱头。

整座教堂洋溢着浓烈的节日气氛，感觉就像是个可爱的童话王国。欧洲和中亚国家的教堂庄严肃穆，让人肃然起敬。东正教堂则显得随性自然，色彩艳丽，构图巧妙，线条优美，给人的感觉很亲切。红色是教堂的主色调，用白色的线条勾勒。洋葱头式的塔顶，有的像熟透的黄皮菠萝，有的像巧克力奶油圣代。一座塔楼上竟然囊括了那么多的几何图形，艳丽的色彩调配的如此和谐，真是巧夺天工，让人叹为观止。

红场的北面是一座三层红砖楼，南北各有八座尖塔。这是俄罗斯历史博物

◆ 圣瓦西里大教堂

馆，它修建于十九世纪，据说里面有 450 万件历史珍品。

列宁墓坐落在红场西侧，在克里姆林宫墙正中的前面。高大英俊的士兵在墓前站岗，为这位俄罗斯民族的英雄守灵。

克里姆林宫是红场的主要建筑，它初建于十二世纪中期，十五世纪伊凡三世时初具规模，十六世纪中叶成为沙皇的宫殿。它是俄罗斯民族的历史丰碑。三角形的克里姆林宫，南临莫斯科河，周长 2000 多米，二十多座塔楼耸立在宫墙上，五座城门拱卫着这座红色的宫殿。克里姆林宫俨然是一座雄伟森严的堡垒。

红色的伊凡钟楼高 81 米，曾经是莫斯科的地标。钟楼旁有沙皇钟，它是世界上最大的钟。高 6.14 米，重量达 216 吨。这座钟从来没有被敲响过，莫斯科人自然就没有听到过它的声音了。沙皇钟曾经损毁过，破损的部分有将近两米高，钟壁有两寸厚，重量竟然达 11 吨。沙皇大钟附近还有一件十六世纪的奇迹——沙皇大炮，炮身长 5.35 米，口径 40 厘米，重量超过 40 吨。这是

◆ 广场上的大炮

一座从来没有响过的大炮，它估计是用来威慑敌人的。

莫斯科城曾先后被蒙古人拔都汗和脱脱迷失摧毁过，1812 年拿破仑兵临莫斯科城下，他摧毁了这座城市。法军这时已经是强弩之末了，最后拿破仑被赶出了俄罗斯。托尔斯泰的小说《战争与和平》生动形象地再现了这场战争。1941 年 9 月 30 日，德国人包围了这座古城，莫斯科又一次经受了战争的蹂躏。这座多灾多难的城市就像俄罗斯人的性格一样，坚韧顽强地经受着磨难的洗礼。

克里姆林宫是彼得大帝的宫殿，现在成了俄罗斯总统的办公所在。游客可以进入参观，只不过必须沿着专门划定的旅游路线行走，决不能越线参观。普京总统的办公大楼远比游客脚步能及的地方小多了，看来还是游客在克里姆林宫里更自由些。普京总统的车队就停在宫门前，运气好的时候，还可以看到普京总统来上班。说不定他一高兴，会走上前来与旅客握手。

莫斯科到圣彼得堡距离 706 公里。我们要乘坐晚上十点半（北京时间凌晨三点）的火车。莫斯科的火车站1851年才启用，我们到了车站跟前竟然感觉不到它的存在，这里的火车站没有广场，也缺乏高大醒目的建筑。要不是导游做向导，我们可能永远找不到地方。车站的候车室由几个区域组成，里面竟然没有空调，通风设施好像没有开启，空气不流通。候车室里人很多，里面的温度估计超过30摄氏度，热得人直冒汗。不得已，只好去隔壁的咖啡馆寻一处安静。女儿想上网解闷，打开手机搜索网络，没有WIFI。问店员，人家说上网就别指望了，有茶喝已经不容易了。

俄罗斯的铁路是窄轨，我们的运气很好，坐的是新式车厢。只不过车厢比较小，四人包厢，空间有些紧凑。车上提供简单的早餐，即一袋面包、一盒酸奶和一块巧克力。旁边有插座，必须用欧式插头。热水瓶没有，需要自己提前准备，要不然只有去列车员那里买水喝了。早上起来，被套和床单需要游客自己拆下来叠整齐。如果无能为力，需要给列车员留50到100卢布（相当于人民币5～10元钱）的小费。这是导游再三叮嘱过的，要不然给人家留下中国人懒散的口实，那可得不偿失。

这里与北京有五个小时的时差，由于昨天飞机晚点四个小时，一下飞机就去参观红场，我们的睡眠严重不足。俄罗斯火车的速度如同十几年前的中国铁路，一路上只听到车轮和铁轨的撞击声，在不断的颠簸之中，极度缺乏睡眠的我好不容易才进入梦乡。

◆ 克里姆林宫的东正教堂

卷八

纪录片《丘祖西行》拍摄侧记

钓鱼城的启示

成吉思汗的梦想就像草原一样广袤无垠。他梦想着将西域诸国同中原的疆土连接起来，打通丝绸之路这条一千余年的贸易古道。1226 年，这位草原帝国的统帅又发动了攻打西夏的战争，在他死后，他的三个儿子和两个孙子四处征战，将战火烧遍了整个欧洲。

1227 年西夏灭亡，1234 年金国灭亡，1279 年南宋灭亡。

元太祖七年（1235），蒙古发动了攻打南宋的战争，巴蜀战场是蒙古军队最先开辟的战场。战争一开始，蒙古人打得很顺利，南宋军队溃不成军，一败涂地。窝阔台死后，拖雷长子蒙哥继承汗位，他亲自出征，一路攻城拔寨，似

江边的庙宇

乎战无不胜，攻无不克。

元宪宗九年（1259）三月，蒙哥兵临钓鱼城下，攻城之战随即开始。一座看似不起眼的山城，它却成了蒙古人的噩梦。

钓鱼城坐落在重庆合川区城东五公里的钓鱼山上，山势突兀耸立。山下嘉陵江、渠江、涪江三江汇流。南北西三面环水，地势十分险要。这座军事重镇分内城和外城，外城筑在高度约300米的悬崖峭壁上，城墙系条石垒成。城内有大片田地和四季不绝的丰富水源，周围山麓也有许多可耕田地。

钓鱼城是一座兵精粮足的坚固堡垒。尽管蒙古军队的攻城器具十分精良，蒙古兵凶猛顽强，怎奈钓鱼城地势险峻，攻城的精兵良械均不能发挥作用。守军在主将王坚及副将张珏的协力指挥下，击退了蒙军一次又一次的进攻。

长生天在这里似乎有意忽略了蒙古人，先是蒙古军队前锋元帅汪德臣为流石所伤，不久就死了，紧接着蒙哥汗也死了。据《元史》记载，蒙哥汗于六月（1259）患病，拉施特《史集》说他得了痢疾。《马可·波罗游记》和明万历《合州志》则称蒙哥汗为飞石所伤。

钓鱼城其实是一座石头山，山上的崖壁上文人雅士的石刻众多

三军统帅死了，蒙古军队没有了大汗，战场的局面发生彻底的变化。蒙哥大汗的死亡导致这场攻宋之战全面瓦解，灭宋之战功亏一篑，蒙古人又回到了草原，他们要选举新的大汗。

在非洲战场，正当旭烈兀率领的蒙古军队像洪水猛兽般扑向埃及时，蒙哥汗的死讯传来了，旭烈兀立即率大军东还。如果再假以时日，骁勇善战的旭烈兀定能扫平埃及，把这个文明古国的财宝尽入囊中。

蒙古人在所有的战场上退却了，远征的军事统帅们都回到草原，为了草原帝国的汗位，战争对于他们来说已经不那么重要了。

整个世界似乎恢复了难得的安静。

钓鱼城，被欧洲教皇称为“上帝之鞭折断的地方”，它改变了整个世界的格局。自此以后，蒙古的铁蹄再也没有践踏过已经饱经风霜的欧洲，整个亚洲也获得了休养生息的机会。

◆ 钓鱼城的护国门

◆ 战争年代坚持生产的农民

◆ 抛石机是守城的利器

◆ 军人热血抗战，农民积极生产，钓鱼城才得以久攻不破

蒙哥汗临死前曾留下遗诏：“我之婴疾为此城也，不讳之后，若克此城，当尽屠之。”——明万历《合州志》

钓鱼城，复仇心理极强的蒙古人并没有将它忘记。十年之后（1268），忽必烈控制了蒙古政权，这座军事重镇再度成为横亘在蒙古军队面前的天堑。

至元十三年（1276）元军攻克南宋的陪都临安。至元十六年（1279），崖山海战宋军失败，南宋丞相陆秀夫背着九岁的少帝赵昺投海，南宋灭亡了。

此时大宋的旗帜依然在钓鱼城头上高高飘扬。

南宋已经不存在了，国家已经没有了，钓鱼城里的军民将为生存而战。

至元十六年（1279）是大旱之年，钓鱼城出现粮荒。重庆失守之后，钓鱼城腹背受敌，成了名副其实的孤城。为了城内十万军民的生命，在鏖战二百多场，历时三十六年后，钓鱼城守将王立决定投降。宋军投降的条件非常苛刻：不屠城，不降旗，不收兵器。忽必烈竟然同意了宋军的条件，并且信守了承诺，将蒙哥大汗屠城的遗诏置之不顾。

“旧制，凡攻城邑，敌以矢石相加者，即为拒命，即克，必杀之。”与蒙古军在攻城灭国时必欲屠之的传统不同。切戒妄杀，争取人心。忽必烈告诫统兵主帅伯颜，要“以不嗜杀平江南”。伯颜传令诸将各守营垒，毋得妄有侵掠。在元军灭宋的战争中，元军取宋数百城，只有沙洋、常州、静江三次屠城的纪录。元军在攻取南宋都城临安时，伯颜部下董文炳阻止了副将屠城的意见。“吾杀一人，则害大计，况屠一县耶！”（《宋元战争史》）

正因为元军能够遵从忽必烈的命令，切戒妄杀，故能使整个灭宋之役近乎兵不血刃，在相当程度上减轻了宋军的抵抗，缩小了战争对江南的破坏。

“金人不能灭宋，而蒙古灭之。在蒙古诸汗中，灭宋的不是成吉思汗，不是窝阔台和蒙哥，而是忽必烈。其关键就在于忽必烈不单凭武力，不嗜杀的攻心策略。”（《宋元战争史》）

丘处机与成吉思汗雪山论道后，成吉思汗将“止杀爱民”写进了蒙古的第一部法典——《扎撒》。从此之后，全真教的高道大德们步入蒙古王廷，成为王公贵族的启蒙老师。窝阔台重用耶律楚材，忽必烈重用姚枢，这些饱学之士用儒家的仁政思想来规劝蒙古大汗，并时时提醒他们先王有“不杀之诏”。到了忽必烈时，更是将道家的好生之德与儒家的仁政思想发挥到了更高的境界。忽必烈用《易经》“大哉乾元，万物资始，乃统天”为国立名，立意深远。大元帝国成为当时世界上最强大最富有的国家，其疆土面积3000万平方公里。

寻访记忆中的隐士

◆ 张文清道长在练功

在中国的历史上有这么一群人，他们年轻时放弃繁华与富贵，隐居在深山岩穴之中，以山水为伴；他们苦读经书，参悟人生和天地间的奥妙，经年累月，力行不辍。一旦功德圆满之后，便发扬祖师济世利人的传统，有的悬壶济世造福一方百姓，有的运筹帷幄，指点江山，辅佐国主治国平天下。

“古者圣人之兴，常有至人以辅之，故黄帝问道于崆峒，西伯得师于岐山。”

纪录片《丘祖西行》第一集，对道教的历史进行了回顾。本集聚焦广成子、姜子牙、张良、葛洪、陶弘景、王远知、岐晖、陈抟、丘处机、刘伯温、王常月等道家人物。讲述他们在天下大乱、江山易代之际，运筹帷幄，决胜千里，辅佐开国之君，以弱胜强，统一中华，奠定王朝基业的历史故事。

广成子、姜子牙、张良、丘处机、王常月的故事都已经拍摄完毕，葛洪、陶弘景、王远知和刘伯温四位先贤远在千里之外的东南，欲觅其仙踪，必须身临其境。

2016年3月1日，晴。

阳春三月，《丘祖西行》剧组踏上了古代先贤的探访之路，从古城西安出发驱车一千二百公里，来到了江苏的茅山。

我没有去过茅山，对这座仙山的认识仅限于网络上的图片，那座高大雄伟的老子像让人印象深刻。

2000多年前，陕西咸阳有三个同胞兄弟茅盈、茅固、茅衷不远千里来到此山。三人看上了这座仙山，决定在此修炼，他们在山中采药炼丹，济世度人，最后都得道成仙，这三位仙人被后世尊为茅山祖师。两千多年来这座仙山神仙云集，高道大德辈出，因此茅山成为道教上清派宗坛，“第一福地，第八洞天”。

我们采访了杨世华会长，他给我们讲述了这座山的古老历史，我才对这座

◆ 茅氏三兄弟

仙山有了深刻的认识。

继三位仙人之后，东晋时期句容人葛洪在此修炼，他曾官至关内侯，后辞官归隐，“优游闲养，著述不辍”。葛洪在丹道方面颇具建树，他的最大贡献就是《肘后备急方》。这部中医治疗学专著是中国第一部临床急救手册。其中收载了多种疾病及其治疗方法，有很多是珍贵的医学资料。2015 年获得诺贝尔医学奖的青蒿素就来自于《肘后备急方》。一千多年以来，葛洪祖师一生的医药学实践经历了历史的考验，早已走出国门，惠及整个世界。

◆ 葛洪

◆ 陶弘景

南北朝时期茅山又出了一代高道——陶弘景。陶弘景的家乡在距离句容60公里的南京，他是上清派第九代宗师，一个儒释道三教集一身的人物。陶弘景年幼时非同寻常，四五岁乃好书，“恒以荻为笔，书灰中学字”。十岁得葛洪《神仙传》，“昼夜研寻，便有养生之志”。“读书万余卷，一事不知，以为深耻”。十五岁就写了《寻山志》，表现出浓厚的隐逸志向。二十岁时齐高帝引为诸王侍读，后拜左卫殿中将军。后来他辞官退隐，游历名山大川，研习符箓经典。在茅山修道的时候，他在山上采草药，治病救人，后来写成了《养性延命录》一书。李时珍《本草纲目》里面的很多资料，都来自于陶弘景的医书。

梁武帝派信使来找他，请他出山。当时他在茅山的华阳洞作画，他画了两幅画。其中画了一头牛，行走在水草之间，自由地游荡和打滚。另外一幅画是有金笼头罩着牛头，牛的绳子有一个人牵着，这个人拿着竹杖驱赶牛。梁武帝看到这个画就明白了陶弘景的志向。梁武帝曾经问过他，为什么放弃高官厚禄不要，偏偏隐居于穷乡僻壤？陶弘景就回了一首诗。“山中何所有，岭上多白云。只可自怡悦，不堪持赠君。”（《诏问山中何所有赋诗以答》）

梁武帝更加钦佩陶弘景的修为。此后，“国家每有吉凶征讨大事，无不

文成山水　彭领野 / 摄

◆ 刘伯温像

前以咨询，月中常有数信，时人谓之山中宰相。”（《南史·陶弘景传》）

杨世华会长对这座仙山的感情深厚，关于这些高道们的故事耳熟能详，津津乐道。他从西汉时来茅山修炼的茅氏三兄弟讲到东晋时的葛洪，南朝时的山中宰相陶弘景，再到隋唐时期的王远知、司马承祯。这些高道们都在中国历史中留下了辉煌的一页，为今人顶礼膜拜。

一座不怎么高的山因为有了神仙就出了名，一座山因为有了名气，才汇聚了这么多的高道大德，成了后代人向往朝拜的仙山。这真应了那句名言：山不在高，有仙则名。

天公作美，我们在积金峰万宁宫航拍老子像的时候，夕阳西沉，高大的老子像在夕阳的余晖里金光灿灿、神采奕奕。道祖背靠青山，目光深邃，手捻胡须，脸上挂着淡淡的微笑，行其足下，不由得让人肃然起敬。

茅山上的道观规模宏伟，大都随山势而建，由山而起，一切都好像很随意，又那么自然。山洼之中一座道观由远及近，错落有致，别具特色。一会儿，峰回路转，远远望见山顶上一座道观在云雾中时隐时现，宛若仙境。

海拔 380 米的茅山主峰大茅峰顶，那里是茅山真君得道成仙飞升的地方。

西汉时那里仅有石坛石屋和三位神仙的石像，后来信众日盛，修道的人越来越多，经过千百年的修葺，这里逐渐发展成三宫、五观、七十二茅庵的福地洞天了。

我们一行人瞻仰了葛洪和陶弘景祖师像，我的纪录片里又多了几位神仙。只是王远知的像这里还没有，杨会长说他以后会把道教祖师的像都画下来，放在道学院，让人们拜谒供奉。

在茅山的最高点万福宫，我们一起瞻仰了我的陕西老乡——茅山三祖师。虽然现在还不是旅游旺季，但游客还真不少，大家纷纷来到祖师殿下，磕头焚香，把自己一年的心愿诉说给祖师，祈求保佑平安，让自己在新的一年里心想事成。

这次出行我们有缘遇到了张文清道长。多年来他一直在游山访道，研习参悟。他在太极拳和养生方面颇有修养，曾经拿过国际武术冠军。我们的纪录片里增添了求之难得的道家功夫，这算是意外之得、锦上添花了。

元末之际天下大乱，农民起义此起彼伏，有一个道士下山了，他要匡扶正义，替天行道，这个人就是刘伯温。刘伯温的家乡在浙江温州文成县，一个靠近海边的山区县城。明正德九年（1514），武宗朱厚照追赠刘伯温为太师，谥号文成。文成县以刘伯温的谥号——“文成”命名，民国三十五年（1946）十二月，该县由瑞安、青田、泰顺三县边区析置而成。

2016 年 3 月 5 日，晴。

从茅山开车到文成县七百多公里路，我们跑了十个小时，到那里已经是半夜十一点了。

第二天吃过早饭就上路了，刘伯温的家乡南田镇距离县城还有 30 多公里的路。一出县城就进山了，山并不高，海拔 800 米左右。植被丰茂，漫山遍野的竹子和松树使我们置身于绿色的海洋之中。山路并不宽，时不时经过一处山村，年味还在，农庄门上的春联还那么鲜艳。村里的房屋多半是新盖的砖房，那些旧房屋是明显的浙南民居。房屋上面的灰瓦背面朝上，与关中地区大不相同。这里的旧房屋大都由几根木头柱子支撑着，好像被人一推就会倒掉，这些老屋可能就这样挺立了百十年了。

山路由山脚下顺着山势一直盘旋而上，鸟雀在树林里鸣叫着，山间溪水潺潺，温风习习。北方现在还在冬天的边沿上徘徊着，仿佛不肯离去，这里像是快要进入夏天了，外面的气温已经25℃了。车行至山顶，我们航拍了这里的竹海。在高空中俯瞰美丽的浙南风光，我为她的美丽而感叹。一条细长的山路蜿蜒崎岖地在竹海里拉出一道弯曲的细线，几辆中巴车在细线上宛若游虫地爬行着，真担心它一不小心就会迷失在绿色的海洋之中。

车行一个多小时，来到一处村庄，村口有路标——“刘伯温墓”。顺着路标指示的方向开车进入一岔路，走了十几公里就是找不到墓地。询问村里的人，他们说我们走过头了，墓就在路标处不远的地方。无奈只好折回，再次询问村民，那人抬手一指，就在房屋后面的竹林边。一行人抬设备上山，走不到十分钟，我们看到了一个小土包，不仔细分辨，真的还以为那是一座普通的小山包呢。如果没有石碑提示，路人怎么也不会找到刘伯温的归宿之地。墓前有两匹马的塑像，浑身长了青苔的马儿奔腾欲飞，与周围清冷的环境显得不那么和谐。

《明史·刘基传》载：“明洪武八年(1375年)三月，明太祖制文遣使护归故里。抵家疾笃，四月十六日薨。六月，由其子刘琏、刘璟葬于夏山之原”。

刚过完年，这里有人祭拜过，看来村民们在欢度春节的时候也没有忘记这位长眠于地下的邻居。

刘伯温庙距离他的墓地有五公里路程，跟他的墓比起来，庙的状况还算好些。庙由三部分组成，首先进入人视线的是广场上的雕像，跨过一座石桥进入广场，如此近距离地瞻仰这位“千秋景仰”的神仙，驻足凝视，满怀敬意。

广场的左边是纪念馆，右边是庙，木枋有匾上书“帝师”，另一楼上的匾书“王佐”。

刘伯温庙建于明天顺三年(1459)，位于南田华盖山东南麓，是皇帝敕建的家庙。刘伯温庙系四进七间回廊合院式木构建筑群，坐北朝南，分头门、仪门、正厅三幢。灰石筑基白泥为墙，墨柱支撑着黑瓦覆顶的建筑，由于年代久远，

◆ 刘伯温一生襟怀坦荡，鞠躬尽瘁，“帝师”和“王佐”是对其功德的最佳诠释

久未修葺，上层建筑似乎已经变形了。人行其下，有摇摇欲坠的感觉。浙南的建筑同内地大不相同，所有材料都是原生态的色调，不加雕饰，自然而随性。刘伯温一生为官清廉，忧国忧民，崇尚俭朴。庙的风格如其一生的性情，清幽而古朴，典雅而严谨。

庙里有这位帝王之师的雕像，旁边是他的两个儿子。刘伯温的一生襟怀坦荡，刚正不阿，古称为“立德、立功、立言”的“三不朽”伟人。一代帝师归宿于穷乡僻壤之中，他的功德依旧没有被人们遗忘，历代不远千里来瞻仰这位伟人的文人墨客和官宦达人络绎不绝。庙内正、草、隶、篆佳联匾额众多，耐人品味，可谓集书法艺术之大成。

群山簇拥的刘伯温庙渐渐远去，我心里竟然有种恋恋不舍的感觉，喜欢这种清雅自然的建筑风格。对这位在天下大乱之际，救民于水火之中，积极入世的道士，敬仰之情溢于言表。

我只希望摇摇欲坠的刘伯温庙能永久地挺立着，好让后人能有凭吊怀古的去处。

华山寻踪

◆ 东峰日出

2016 年 4 月 23 日，晴。

清晨，太阳刚刚探出云端，华山东峰的极顶——下棋亭迎来了早春的第一缕阳光。山谷中云雾弥漫，烟雾由谷底腾涌而起。一位白衣道长在下棋亭边打着太极，他动作轻盈舒缓，道袍在轻风中随着身形变幻飘逸。一架航拍器由谷底缓缓升起，云雾散开的一瞬间，下棋亭和白衣道长悄然而至，跃入镜头。航拍器上的 4K 摄像机拍下了这写意唯美的瞬间。

一千多年前陈抟祖师与宋太祖赵匡胤在华山上下棋，陈抟祖师为后辈子孙赢得了这一人间福地。

如何拍摄下棋亭？拍出它的意境和神韵？是我这几年一直思考的问题。爬过华山五次，每次都没有勇气下鹞子翻身去下棋亭寻幽览胜。来东峰必拍下棋亭，每次都有不同的感觉，对这座山的认识也在慢慢地深入。我已经不满意每次拍到的空镜头了，也不想让那些勇敢的游客占据了镜头。下棋亭里应该有位让人景仰的道长。

第一次爬华山，那时还在玩穿越，由玉泉院出发徒步爬完华山的五座山峰再回到出发地点，我用了十个小时，那算是我穿越的最好成绩了。那时候并不会摄影，仅仅是在玩自虐。后来两次下雪爬华山，为华山的云海所折服，虽然山顶奇冷无比，但能一睹华山的云海奇观，受冻挨饿也值得。夏天和秋天各去过一次，领略了华山不同季节的美。

五岳之中就北岳我没有爬过，同其他山岳比起来，华山的奇秀险是山友们的最爱。一座山就是一块天然自成的大石头，一块海拔 2154.9 米的大石头在几千万年前就耸立在这里，成为人间奇观。那块深入云端的巨石上，隐身于山间云雾中数不尽的台阶曾经让多少人望而生畏，又激励着多少人的雄心，使他们怀揣着勇气，迈着碎步，一步一步地站在了华山的极顶。为了爬上这块大石头的最高处，一览众山，千百年来多少人前仆后继，乐此不疲。

每一个人的心里，都有一座属于自己的山脉。一座山就是一本厚厚的故事，

下棋亭

只有爬过此山的人才能慢慢地品味出其中的真意。

春天的华山我还没有拍过，想着漫山遍野的山花就让人心痒难忍。正巧张文清道长想去探访华山，能与他同行可真不容易。这位太极拳大家深居简出，行踪无定，陪他上华山，我真的求之不得呢。

到了玉院泉，瞻仰了陈抟祖师，见过邹通玄会长，讨了杯茶喝，他为我们提供了上山索道的门票，并给我们在山上安排了住处。一行人出发了，直奔西峰。一进山谷，我就发现了开满山谷的山花，白的红的黄的随意点缀着山谷，谷底见不到阳光的地方还有残雪，冬天还没走远，春天就迫不及待地在山里撒满了花儿。

这次上华山我们带了航拍器——大疆精灵Ⅲ，它给我的镜头带来了开阔的视野，也让我感受到了空中航拍摄影的乐趣。我们还带了一台三轴云台摄像机，带着它行走在崎岖不平的山道上，跟拍时图像稳定。一上索道，我就迫不及待地打开了三轴云台，它上面有一台 4K 摄影机，即使在晃动不定的索道上，用它拍摄风景，图像也照样很稳定。索道启动了，越过一道山梁，我就发现了躲藏在山谷里的花儿，满山遍野的花儿散落在山谷之中，点缀着整个山峦。索道在高空中匀速前行，我们漂浮在花海的上空，白的是杏花，粉的是桃花，黄的应该就是迎春花了。枝头上淡绿色的嫩牙刚刚伸出头来，山石间凌空挺立的松树在春风中摇曳着细枝，鸟雀们在山间的树林里追逐嬉戏。华山上树木的生命力着实让人吃惊，一片山石的缝隙里，只要有一点土壤的地方就能找到一棵挺拔高大的松树，它在那里生存了多少年？也许只有华山上的神仙知道吧！

华山西峰海拔 2086.6 米，是华山上看日落的好去处。我们选择在这个时候上山就是为了拍日落。今天是多云天气，我们到了西峰顶的时候，太阳却躲到云层里面去了。拍日落需要运气，今天的日落我们是看不到了。不过 2013 年的 9 月份，我在西峰拍到了让人沉醉的日落。

华山的西峰是一块拔地而起的巨石，壁立千仞，绝顶当空。华山最险峻的地方非它莫属了，只有用航拍器拍摄才能充分体现出它的磅礴气势来。山顶起

◆ 夜色下的西峰

◆ 西岳大帝的道场——金天宫

华山云海

风了，白衣道长张文清上了舍身崖，他在崖顶巴掌大的地方迎风起身，打起了太极。西峰极顶山风很大，航拍器由远及近，把舍身崖上的白衣道长定格在画面之中。白色的身影，起步云手，动静相宜，柔中有刚，天人合一。

金庸先生笔下的《射雕英雄传》里有华山论剑的故事。东邪西毒南帝北丐，四位武林高手与全真教祖师王重阳在华山西峰上比武，最终王重阳成为一代宗师。从此以后，天下习武之人均以华山论剑为自己的终极理想。西峰上的舍身崖只有不到五平方米的平地，常人至此战战兢兢，举步维艰。那些武林高手能在此处施展拳脚，一决高下，可见其功夫是何等的高深。

天色渐晚的时候接到了南峰金天宫陈明阳道长的电话，站在西峰顶上看到树荫丛中灯火阑珊处的道观，那就是南峰的金天宫。这是一座在以前旧址上新修的道观，几年前华山西峰修索道，在西峰的山腰上打隧道，隧道里的石头用来建造道观，算是变废为宝，综合利用了。从此之后，华山绝顶南峰上又增添了一处人文景观——金天宫。

南峰是华山的最高峰，海拔2154.9米，华山绝顶被诸峰环绕着。古人云“方寸之木，可以高于岑楼”，人站在华山极顶，蓝天白云近在咫尺，双手伸出似乎可以托住天空，有顶天立地的感慨。脚下就是绝壁悬崖，如斧砍刀劈，棱角分明。行至此处，人不由得感慨大自然的神奇魅力。

在华山南峰杨公亭，张文清道长一展他的太极拳魅力，400毫米的长焦镜头和航拍器隔着一百余米外的悬崖准确地记录下这一精彩的一幕。悬崖上白衣道长的太极神功引来了游客的惊叫感叹，人们为这位道长的安全捏了一把汗。

至元十三年（1276），全真高道贺志真来到华山，他在中峰的悬崖峭壁上开凿石洞，穴居修炼。

华山的中峰，过了南天门，穿过一个石头门洞就到了全真崖，这里有一处非常惊险的景观——长空栈道。那是过去的修行人在绝壁上开凿出来的一条天堑。悬崖上一条宽不足两尺长二百多米的路，在人手所及的岩石上还嵌入一条铁链，这样走在这条悬崖小道上，可以手脚并用，到达悬崖尽头——贺祖洞。

古代的那些世外高人，穴居于人迹罕至的悬崖峭壁上，感悟着宇宙和生命的玄妙之处，这里应该是他们心仪的地方。这条路是探险者的乐途，也是考验山友们勇气和胆量的地方。《诗经》上有句话：“战战兢兢，如临深渊，如履薄冰。”用在这里再也贴切不过了。这条山友们梦寐以求的绝壁栈道让我望而却步。张文清道长步态轻盈地踏上了这条悬在空中的小道，甚至没有抓岩石旁的铁链，他行进的速度很快，就像在平地上走路一样。旁边那些跃跃欲试的人都好奇地注视着这位白衣道士，“哇噻，这是道家的轻功吗？”

南峰对面的山崖上据说有赵匡胤给陈抟祖师写下的字据，陈抟祖师担心这位未来的国君言而无信，就把他写下的字据贴到南峰对面的山崖上了，那里只有鸟儿才能飞上去。大疆飞机飞行 300 多米到达对面的山崖上，通过监视器仔细分辨，没有发现传说中的字据，也许陈抟老祖把它藏到不为人所知的地方去了。

东峰顶上是看日出的好地方，那天我们没有盼到日出，云层有些厚，东方仅仅出现了淡红色的光点而已。在华山上看日出和日落一样需要运气，这就是有些人不厌其烦地爬华山的动力所在。

华山上引人注目的还有石刻，正草隶篆各施所长，形成了一道别开生面的人文景观。会当凌绝顶，一览众山小。人行走在天堑悬崖上，不免会触景生情，所以就留下这些脍炙人口的感悟了。

由东峰下山，过了铁锁关，回望东峰，我又一次被大自然的奇观所折服。一座笔直的山峰挺立在天际，山谷中有只大鸟在盘旋，山顶上的松林郁郁葱葱。

华山的路都是石匠们千百年来用铁锤和钢钎顺着山势一锤一钎凿出来的，由山下直到山顶诸峰据说有三十里路。那些悬在天际间的天梯，人要一步一步地爬上去，险要的地方还得借助铁索，下鹞子翻身时，身体必须悬空，想一想腿就不由得发抖。

苍龙岭是非常惊险的一段山路，它就在山脊梁上，两边都是悬崖，也许一阵狂风就会把脚底不稳的人吹下山崖，不到两米宽的石阶成了游人们难以逾越的天堑。许多人好不容易爬到了北峰，才喘了口气，刚走过聚仙台一看苍龙岭的险峻就打道回府赶紧下山去了，他的勇气和力量在这里已经达到极限了。

北峰在诸峰之中虽然海拔最低（1614 米），但它却是观察整个华山风景最好的地方，向南望去笔直挺立的西峰是那样的雄伟壮观，郁郁葱翠的松柏在浅薄的土层里顽强地伸展着它的根须，一年四季在这座石头山上变幻着色彩。西峰那形如刀背的山崖直上云霄，石缝间的几株松树成了鸟雀歇脚的好地方。

华山脚下的西岳庙始建于汉武帝元光初年（前 134），此后历代帝王在此祭祀西岳大帝少昊，一座山有了神仙自然就成了人们心驰神往的灵山。

华山是道教的第四洞天，山上有七十二个山洞，道观更是星罗棋布。南峰有西岳大帝少昊的道场——金天宫，西峰有镇岳宫和圣母殿，中峰有玉女娘娘庙和贺祖洞，东峰原有吕祖庙，北峰有真武庙、王母宫、朝元洞。贺志真的弟子姚道常用了三十七年时间，在一块巨石上凿了朝元洞，为今人留下一处奇观。从山脚下一直到极顶，时不时就会发现道观。这里的道观虽然因陋就简，随地取材，但是别有情致，耐人寻味。道观的香火很旺，大家来爬山，更是来朝拜神仙的。临近北峰的日月崖是一块十几米高的巨石，石头中间竟然有道门，走近一看，那是一座庙，石头被掏空了，里面敬着神仙。

手握钢钎，一铁锤下去，只能在华山上敲下鸡蛋大一块碎石来，要在巨石中间硬生生地凿出那么大的空间来，不知需要多少人多少年的功力？再细看附近的三元洞和王母宫，这些庙都是在巨石上凿出来的，古时候华山就一条路，建筑材料要运上山来，难度太大了。所以人们就突发奇想，用铁锤和钢钎硬是在巨石上开凿出能容身修行的小庙来。

千里之行，始于足下。其实山就那么高，路就那么长，人只要向前走，坚持不懈，路总会有走到尽头的时候。山的高度是有限的，人的气力却是无穷尽的，一步一个台阶，调整好呼吸，看看满山的景致，路走起来就不那么费气力了。当人拖着一身疲惫，停下来欣赏美景的时候，困倦就会不知不觉地消失了。

◆ 张文清道长

一处景致欣赏完了，人似乎就忘记了劳累和疲惫，山的另一面还有更迷人的风景哪。于是不由得心血来潮，浑身又有了力气，尽管前面隐入密林的台阶还不知道有多长呢。

孔子说过："智者乐水，仁者乐山。"爬山是人生的一种洗礼，是人与自然、灵魂与山岳的融合。

华山的一年四季都在变换着风景，一座山峰不同的季节就有不同的韵味，一座山峰从不同的角度欣赏它，就会有不同的感受。

在爬山的过程中，人了解了自己，也认识了山脉的力量。登到了山的极点，人也就挑战了极限，感慨于自己的毅力和勇气，雄奇俊秀的华山自然就成为人生的又一个里程碑！

寻踪磻溪宫

丘处机追随王重阳学道才刚刚三年，师傅就仙逝了，这对于22岁的丘处机来说无异于晴天霹雳。三年来，尽管他兢兢业业，学而不倦，但是对于师傅的道学，他还没有领悟。师傅领进门，修行在个人。领路人没了，接下来的路只能靠他自己一个人走了……

丘处机在陕西户县刘蒋村为重阳祖师守灵三年后，1174年八月，他沿着秦岭一路向西来到了宝鸡磻溪，依崖凿洞，潜心修身，洞彻大道。于是就有了

秦岭风景

◆ 磻溪宫

后人可以寻幽览胜的诗集——《磻溪集》。

“台边水谷尤清旷，野外山家至寂寥。绝塞云收天耿耿，空林夜静月萧萧。”丘处机在其诗作里把磻溪描述得清幽淡远，景色宜人。

丘处机有一个了不起的邻居，他就是周朝的太师姜太公。与磻溪一山之隔就是姜太公修道的钓鱼台，神仙们修行的地方一定是个世外桃源吧！纪录片里磻溪应该是个不可或缺的篇章。

2015 年 11 月 8 日，晴。

从西安驱车一个半小时，由西宝高速公路的虢镇出口南下，GPS 将我带到秦岭山脚下的一个小镇——磻溪宫。小镇很繁华，街道边店铺林立，就是没有发现道观。在一家饭馆里吃饭，问老板磻溪宫在哪里？老板说我们吃饭的地方就是。我问怎么不见道观呢？古书上说这里有很大的道观。老板娘一听就笑了，古时候是有一座很大的道观，现在只有一点点了，就在村南边的沟里。

《宝鸡县志》记载：“磻溪宫在县东南六十里河谷中，为邱长春成道处。本名长春观，邱人元为国师，磻元诒改观为宫。”

驱车南行数里，来到了杨家店村。在路东边一所闲置的学校里发现了一座古楼，楼不高，但年代久远，表面的油漆已经脱落，露出了木头的原色。大家

◆ 丘处机当年种植的银杏树

高兴极了，终于找到磻溪宫了。楼上有字，我用长焦镜头一看，凤女楼，不是磻溪宫。楼门紧锁，想一睹名胜风采，必须登堂入室才行。环行四周，无意间在砖墙的地基上发现一处残碑，碑文清晰可见，记录了长春真人的生平事迹。立石者是丘处机的高徒卢志清。

打电话问金台观杜法静会长，他说磻溪宫应在路西的山崖上。就在我们停车的地方不到二十米，抬眼望见树林中露出的屋脊，沿坡而上不到十分钟即到一座庙宇跟前。如果不问杜会长，我们可能错过近在咫尺的磻溪宫啦。道观掩映在村落民居之中，如果不认真寻找，还真难觅其踪迹。

一棵高大的银杏树耸立在庙前，这棵丘处机当年栽种的银杏树冠雄阔，枝叶繁茂，三十多米高，三四个人手拉手才能合抱，这棵古树应该是那个时代的见证了。“一株独立磻溪地，千丈单撑风雨天。”时值深秋，银杏的叶子黄了，枝丫间硕果累累，金黄的银杏挂满树枝。问问树仙，可曾见过那个青衣长衫的山东大汉？

现在的磻溪宫由三座殿堂组成，大殿似乎刚盖起来，还没有彩绘，两厢侧殿已经装饰一新。庙里没有出家人，看庙的是这里的村民。听说我们是来拍丘处机的，他很热情。他带我们来到一段山崖下，那山崖大概只有十几米高，崖下有洞，名曰天真洞，他说这就是丘处机修行的地方。那洞深不足四米，能容下不到五人而已。

二十六岁的丘处机秉承重阳祖师的苦修教诲，心无旁骛，在这“烟火俱无，箪瓢不置”的地方，他一待就是六年。“万倾江湖为旧业，一蓑烟雨任平生。醉来石上披襟卧，觉后林间掉臂行。每到夜深云霄处，蟾光影里学吹笙。”

丘处机的洞府在他的诗里则别有一番境界。在我们俗人看来，这就是一个仅能遮风避雨的小洞而已，比重阳祖师的活死人墓好不了多少。就是这样一个简陋的地方，却成就了一位载入史册的全真高道。山不在高，有仙则名。小洞虽浅，却成就了道高德厚的龙门之祖！

老者谈起丘处机当年修道的故事滔滔不绝、如数家珍。他说县志里记载的庙宇规模宏伟，什么时候毁坏的？他不知道。现在的这三座庙都是村民们自发修建起来的，虽然比不上山外面的那些大庙，但这也是大家对老祖先的敬仰，希望能借此保住先人留下来的遗迹，让他的故事能有所传承。

我问老者，磻溪在哪里？他抬手一指，就在路跟前。我看到一条河，水很浅，宽不足三米，一条破旧的石拱桥连接着河的两岸。当初丘处机在这里背人过河，现在的水如此之浅薄，要过河抬脚即可。这河怎么就变成这样子了？老者说上游修了水库，山间的溪水都被截流了，磻溪自然就变成小河了。

山沟两边现在都是村落，村民散居其间。当年丘处机修行的地方现在已经是两个村子——杨家店村和磻河村了。800 多年以来人们在此修房建舍，开山造田，繁衍生息。一而再，再而三，积少成多，于是磻溪宫就变成今天的大村镇了。

当年丘处机修炼的山洞

《丘祖西行》纪录片杀青

◆ 陕西楼观台

2016年3月23日，阴。

阳春三月，楼观台希声堂前的两株玉兰花开了，枝繁花茂，紫红色的花瓣才刚刚张开，上面的纹脉清晰可人，树顶上的花蕾含苞待放。花瓣上还有夜晚的露珠在留恋着春光，一缕阳光从屋顶洒下，停驻在露珠的边沿，变幻出炫目的光芒。两株玉兰，一袭紫衣，一树春色让人情不自禁爱恋顿生，也让整个道院春意盎然，多了些许情趣。

为了这两树花儿，我等了一年时间。

去年来看玉兰的时候，花儿刚刚凋谢，为此我曾深感内疚。快过年的时候，有一天突然发现光秃秃的枝丫上钻出了毛茸茸的小疙瘩，庙里的师傅说冬至一阳生，春天就要来了。于是我早早地央求师傅，花儿要开的时候一定要提前告知我。

楼观台希声堂前的玉兰花是《丘祖西行》纪录片的最后一组镜头。那天是个值得纪念的日子，农历二月十五日是道祖老子诞辰 2587 周年。在他讲道的地方，《丘祖西行》纪录片杀青。丘处机西行至兴都库什山用了两年三个月时间，我们拍摄此片竟然用了两年半。

2013 年中秋节过后第一天，《丘祖西行》纪录片经过半年的筹备终于开拍了。一行人从西安出发，到了中国的最东边——全真七子的家乡山东半岛。人杰地灵的山东半岛我已去过三次，那里的美景和人文情怀让我记忆深刻。拍摄完全真七子的家乡，剧组又一路向西而行，跑到了中国的西部边陲——内蒙

◆ 山东莱州大基山昊天观

◆ 美丽的伊塞克湖

古和新疆，完成了第一阶段的拍摄工作。东海之滨，夏天的余热还在温暖着大地，美丽的蒙古草原已经是秋高气爽的季节了。那时的新疆天山严寒不期而至，一夜之间巴里坤的草原就像变魔法似的千里冰封银装素裹。当我们欣赏冰天雪地的美景时，新疆高原的寒流也不忘让冰冷的寒风来问候我们这些衣衫单薄的客人。

2013 年底，丘处机西行之路的中国部分行走完毕，那一段路我们一共走了 18000 公里。

元太祖十五年（1220）一月十八日，丘处机一行从山东莱州大基山昊天观出发，走了两年三个月时间才到达今天的阿富汗兴都库什山，他所经过的地方——河北、内蒙古和新疆以及五个中亚国家我们都得去探访。

拍摄《丘祖西行》纪录片要面对的困难也接踵而至。

去国外拍片，要面对的问题就变得更复杂了。剧组人员的签证问题，拍摄许可证的办理，旅行社的邀请函及行程路线的确定等等。在国外拍片必须办理

◆ 乌兹别克斯坦布哈拉王宫

拍摄许可证，这个问题一直困扰了我们半年时间。2014 年 10 月底，我们终于踏上了西行之旅。首站哈萨克斯坦国——800 年前契丹人所建的西辽国，《长春真人西游记》中关于这个国家的地理标记仅有塞蓝城，即现在的希姆肯特。在阿拉木图，我们拍摄了发源于中国的伊犁河，由霍尔果斯绕山渡水而来的丝绸之路——连接欧亚大陆的主要公路。去希姆肯特的路上我们还拍摄了突厥斯坦和元太祖十五年（1220）初曾经被成吉思汗屠城的讹答剌城。希姆肯特（塞蓝城）是哈萨克斯坦国的重工业城市，那里是丘处机的高足赵道坚仙逝的地方，我们在那里待了一天。时光的流逝让这座丝绸古城变了模样，苏联时代的建筑还依稀可见，只是赵道坚的墓已经不知所踪了。

11 月初的吉尔吉斯斯坦国已经是冰天雪地了，不过我们却感觉不到寒冷。冬天里的伊塞克湖宁静清澈，这个可爱的湖泊在冬天竟然不结冰，人们给它起了个让人暖心的名字——热湖。远处的雪山上有终年不化的冰川，山里有高大挺拔的松树和桦树。《丘祖西行》剧组驱车绕湖行走一周用了两天时间。然后一路向西而行，我们到了东干人的村庄，这里生活着四万陕西老乡，不过他们的祖先是150年前从古城西安迁徙到这里的，现在他们还说着地道的陕西方言。人们以耕种为业，一部分人则做起了生意，对他们来说，能回一次故土西安则是人生的一大幸事。我们在这里吃到了面食，受到陕西老乡侯赛因的热情款待。

毕什凯克是吉尔吉斯斯坦国的首都，800年前它的名字叫大石林牙，之所以叫这个名字，因为西辽国的国主是耶律大石。《长春真人西游记》中李志常对这座城市多有描述，这里的物产丰富，有中原地区常见的庄稼，丘处机一行在此休养时日。在吉尔吉斯斯坦国，我们还去了塔拉斯和奥什。

乌兹别克斯坦国，我们是在2015年6月中旬去的，那里的天气热得让人喘不过气来，不过在那里我们拍到了丝绸之路上的古城和建筑。行走在红土堆积起来的古城之中，高高的宣礼塔直冲云霄，尖顶的清真寺随处可见，我们仿

◆哈萨克斯坦草原上的清真寺

◆ 蒙古草原上没有像样的公路

佛穿越到了古代，只是见不到头顶水罐的花刺子模女子和腰挎弯刀的突厥勇士。从塔什干到碣石和铁尔梅兹，从撒马尔罕再到布哈剌和希瓦，乌兹别克斯坦这些古老的城市让我们领略到了丝路古城的魅力。只是由于签证的时间太短，拍摄得不过瘾，不能尽其所详，以后如果有机会，我还想再来这里。

乌兹别克斯坦南部的边境城市铁尔梅兹，过了阿姆河就到了阿富汗地界，我们雇的司机说那边在打仗，太危险了，绝对不能过去。阿富汗之行没能如愿，对于这部纪录片来说是一大缺憾。希望和平能早日来到这个多灾多难的国家，好让我能朝拜丘处机曾经去过的兴都库什山。

蒙古国之行是在 2015 年 7 月底，蒙古国立大学温德华教授给我们办理了签证并担任随行翻译。中亚诸国中蒙古国之行的困难最大，因为这个土地广袤的国家没有像样的公路，一出城就没有路了。从最东边的乔巴山一直跑到西南方向人烟稀少的科布多城。我们一行欣赏到了美丽的草原风景，拍到了许多在中国难觅其踪的大鸟——天鹅、蓑羽鹤、金雕、斑头雁。西戈壁省的戈壁滩让我们吃尽了苦头，车胎爆了一次，车轴断了两次。不过戈壁大峡谷还是让我们领略到了人间的奇观，这也算是大自然给我们的一点心灵抚慰吧。

《丘祖西行》的路程拍完了，片子里的素材还缺很大一部分。于是回国之后我们又开始在博物馆和图书馆查阅画册。宋代、辽代、金代、西夏、西辽、花剌子模、蒙古、吐蕃、波斯（中东）、俄罗斯，要寻找那个时代的壁画和文物难度很大，尤其是西夏的素材。成吉思汗消灭了西夏，也抹掉了这个王国的一切印记，关于它的历史资料直到现在还在抢救和发掘之中。

要讲述 800 年前的中国和中亚历史需要庞大的专家团队，我们先后采访了十九位专家和学者。山东师范大学齐鲁文化研究院、四川大学道教与宗教文化研究所、北京大学、中央民族大学、宁夏社会科学院、宁夏大学、内蒙古大学的著名学者让我们重温了 800 年前的历史记忆。蒙古国防大学的巴扎尔苏伦教授、蒙古国立大学的温德华教授和哈萨克斯坦国立大学的纳彼江・穆哈麦德汗吾勒教授接受了我们的采访。剧本的翻译诚邀香港青松观来完成。

《丘祖西行》纪录片拍摄工作已经完成，接下来要进行的是后期的剪辑、配音、作曲等诸项工作。这部纪录片的主题歌是丘处机的词，作曲由哈萨克斯坦籍音乐家，我的好友穆拉提先生担纲制作。

期待这部作品早日与大家见面！

历史纪录片《丘祖西行》

一条古老的丝绸之路串起了欧亚大陆，拉近了中国与世界的距离，世界帝王成吉思汗和他的子孙改变了欧亚大陆的政治边界，并第一次推动了全球一体化浪潮。

900 年前，金、蒙古、西夏、南宋割据一方，中原大地群雄逐鹿，战火纷飞，生灵涂炭。这样的局面一直持续了上百年，活着的人几乎看不到一点和平的希望。

元太祖十四年（1219）十二月，一队蒙古骑兵带着成吉思汗的诏书，来到了山东莱州昊天观。大济苍生的机会来了，和平的曙光似乎已经拨开云雾，初

剧照

◆ 剧照

现端倪。

元太祖十五年（1220）正月十八日，丘处机开始了长达两年三个月的万里西行之旅。元太祖十七年（1222）四月五日，丘处机和成吉思汗终于在阿富汗兴都库什山会晤。雪山论道后，“敬天爱民”的王道思想在这位一代天骄的心胸中产生了微妙的影响。一种思想的认识和融合就像庄稼的生长一样是需要时间地浸润和滋养。在忽必烈时代，这位心怀天下的蒙古人将“敬天爱民”的“王道”思想发扬光大，大元帝国成为世界历史上疆土最大、民族众多、经济最繁荣的国家。

《长春真人西游记》是李志常于正大五年（1228）撰写的西行笔记，它记录了丘处机万里西行的历史壮举。这本历史巨著，在元代和明代竟然被束之高阁，一直到清朝中叶都无人问津。它成了茶余饭后，老道长在昏暗的油灯下，

◆ 剧照

◆ 剧照

◆ 剧照

给弟子们絮叨的历史传说。

可悲的是，这段悲壮慷慨的民族拯救之旅直到今天还没有得到社会、官方和学界的普遍认可。一谈到丝绸之路，人们总是习惯性地提起两个人，张骞和玄奘法师。拯救华夏文明和万千黎民生命的人，却被埋没在历史的尘埃之中，淡出了人们的记忆。

历史不应被忘记，长春真人丘处机在人类文明史上的卓越贡献，需要后人来铭记和缅怀，他的济世情怀更需要整个社会来弘扬和传承。

任勇智导演曾经执导过纪录片《全真之路》，2013 年 9 月他带领《丘祖西行》剧组从山东莱州出发，沿着长春真人丘处机的西行路线，横跨丝绸之路沿线的内蒙古和新疆、蒙古国、哈萨克斯坦、吉尔吉斯斯坦、乌兹别克斯坦，2016 年 3 月完成此片的拍摄工作。

八集历史纪录片《丘祖西行》，每集片长45分钟。本片以《长春真人西游记》为蓝本，寻访长春真人的西行踪迹。由十九位国内外研究全真教、蒙古史、西域史的专家学者和高道大德来讲述这段艰辛悲壮的历史；本片采集了大量的历史文献和文物，实景镜头丰富多彩，从而保证了影片的历史深度；历史元素、道教文化元素、西域丝路风情水乳交融。本片是一部解读中原农耕文明与西域游牧文明交融渗透的历史纪录片。

附录

长春真人西行简介

全真高道丘处机的济世情怀

795年前，那时候的整个中国被连绵不断的战火笼罩着，南宋、金、蒙古三国之间的战争此起彼伏，中原大地生灵涂炭，民不聊生。成吉思汗领导的蒙古帝国攻城略地所向披靡，中华民族面临着前所未有的灾难，世界末日仿佛已经不远了。

这个时候，一个老人从中国的东海之滨出发，一路向西疾驰而去。他的心中只有一个目标，那就是救人。“欲罢干戈致太平”，拯救天下的黎民百姓是他的心愿。为此他要西行万里，去见那个要征服天下的成吉思汗。西行之路漫长遥远，其中不乏中原人很少走过的高山峻岭、沙漠戈壁、草原沼泽。前途未卜，凶多吉少。这些难以估量的困难对急于拯救苍生的这位老者来说已经无足轻重，他要以自己的赤诚之心来感化这个杀人如麻的军事统帅。

自汉唐以来，这条西行之路只有张骞、班固和玄奘留下过史料记载。不过与前辈不同的是，这位老人此次西行身负的是救济天下苍生的使命。

于是元太祖十五年（1220）正月十八日，迎着料峭的春风，这位已经七十三岁的老人毅然踏上了漫漫的西行之路。这一去就是四年，一路上经过了现在的蒙古国、吉尔吉斯斯坦、哈萨克斯坦、乌兹别克斯坦、阿富汗等国家。老人行走的路线其实就是成吉思汗的西征路线，一路上他看到战后满目疮痍如地狱般的世界，他对和平的追求更加坚定，他行进的速度也更快了。

“又明年，趣使再至，乃发抚州，经数十国，为地万有余里。盖蹀血战场，避寇叛域，绝粮沙漠，自昆仑历四载而始达雪山。”（《元史・丘处机传》）

元太祖十七年（1222）四月五日在阿富汗兴都库什山八鲁湾，这位老人受到成吉思汗的热情款待，他们在雪山论道，老人以敬天爱民为要务，劝成吉思汗止杀保民。

“太祖时方西征，日事攻战，处机每言欲一天下者，必在乎不嗜杀人。及问为治之方，则对以敬天爱民为本。问长生久视之道，则告以清心寡欲为要。太祖深契其言，曰：‘天锡仙翁，以寤朕志。’命左右书之，且以训诸子焉。”（《元史·丘处机传》）

雪山论道后，成吉思汗感同身受，为老人深厚的德行和道学所折服。论道不久，成吉思汗就退兵了，准备回到他的故乡——蒙古大草原。

蒙古人从中亚退兵了，然而战争并没有停止下来。从窝阔台、蒙哥到忽必烈，蒙古人一直在四处征战。不过，攻打中亚诸国时的屠城现象在以后的战争中很少出现过。

雪山论道对成吉思汗的影响很大，他让人把论道的内容记录下来，翻译成蒙古文，并让其子孙后代认真参悟学习，耶律楚材撰写的《玄风庆会录》就是雪山论道的真实记录。雪山论道影响了蒙古国的宗教民族政策，同时也确定了道教在蒙古国的地位。成吉思汗赐给这位老人虎头金牌，要他掌管天下道门事务，老人用这个虎头金牌在中原地区建观立庙，济世度人，救人无数。

这位老人家就是被乾隆皇帝尊称为“一言止杀”，有“济世奇功”的丘处机。

清代的学者陈垣说过，在金元兵乱之际，道教对于中华民族血脉的延续起到了不可估量的作用。当代学者牟钟鉴先生说，丘处机对于人类文明史有着卓越的贡献。

丘处机万里西行的历史背景

1203年，全真教掌教刘处玄（1147～1203）仙逝于莱州灵虚观，丘处机（1148～1227）嗣任全真掌教。随后全真七子之中的郝大通（1149～1212）与王处一（1142～1217）先后仙逝。此时的丘处机已经耄耋之年了，振兴全真教，实现师傅王重阳“使四海教风为一家”的宏愿也就落在他一个人的肩上了。

从宋徽宗时的“靖康之难”（1125）一直到丘处机西行（1220），宋与金国之间的战争已经打了将近一百年，战争几乎贯穿着王重阳和全真七子的修道生涯。丘处机对统治阶级发动的战争深恶痛绝，对战争给老百姓带来的痛苦有深刻的认识。下面的这首诗就是丘处机的悲痛心声。

“天苍苍兮临下土，胡为不救万灵苦？万灵日夜相凌迟，饮气吞声死无语。仰天大叫天不应，一物细琐徒劳形。安得大千复混沌，免教造物生精灵。……皇天后土皆有神，见死不救知何因？下士悲心却无福，徒劳日夜含酸辛？”

天下需要太平，老百姓需要过安宁日子。经常深入草根阶层的丘处机对人民心中的疾苦和祈盼有着清醒的认识。宋金战乱之际，活跃于金国统治下的陕西、河南、河北、山东的全真教，成了中原百姓心灵的庇护所和精神家园。面对战乱不止民不聊生的形势，统管着整个北方道教的丘处机也无能为力，只能借诗抒怀了。

机会终于来了，时间是元太祖十四年（1219）冬天。山东莱州大基山昊天观，金国、南宋和蒙古三个国家不约而同地派使者送来邀请丘处机的诏书。让人意想不到的是，丘处机拒绝了南宋和金国，很爽快地答应了成吉思汗的召请。

那么丘处机为什么要拒绝南宋和金国的邀请，千里迢迢地去西域见一个彪悍勇猛的蒙古统帅呢？有许多人不明白，甚至包括丘处机的一些弟子。大多数人认为丘处机会选择南宋，至少同为汉人都有着共同的宗教信仰。这也是现在好多学者对丘处机的选择颇有微词的地方，这里有必要对当时的历史概况作一下说明。

丘处机认为宋朝有“失政之罪”，当时的南宋政权偏安江南一隅，已经腐败到了无法挽救的地步。“靖康之难”（1126）以后宋室南迁，抛弃了陕西、河南和山东的大片国土，致使中原地区生灵涂炭，民不聊生。南宋政权延续一百五十余年，宋室江山所托非人，历代皇帝不是昏庸无道，就是懦弱无能。高宗重用秦桧、宁宗重用韩侂胄，致使权臣当道，君子在野，国力虚弱，民心思变。面对金国的侵略，南宋政权毫无反击之力，只是一味地向南方退却。金国有“不仁之恶”，觊觎南宋国土，荼毒生灵，肆无忌惮。由于连续发动战争，国库空虚，外强中干，江山已经摇摇欲坠。这时的南宋和金国走向灭亡只是时间上的问题。

丘处机对当时的局势有清醒的认识，他认为南宋和金国大势已去。不可能给老百姓带来和平与安宁，即使勉强接受两国的邀请，他也没有什么回天的本领。

“不辞岭北三千里，仍念山东二百州。穷急漏诛残喘在，早教生命得消忧。”于是他要应时而变，借机为民请命，说服蒙古大汗少杀无辜。他深思熟虑之后接受成吉思汗的邀请，毅然决定西行。

成吉思汗此时正在攻打花剌子模的途中，他的军队一路向西攻城略地，所向披靡。丘处机一行要从山东出发去遥远的西域，期间道阻且长，一路上需要克服的困难不可估量。丘处机要面对的是“衽金革，死而不厌”的蒙古人。

一个是悲天悯人的全真道士，一个是战无不胜的一代天骄；一个胸怀拯救天下百姓的拳拳之心，一个是想要吞并世界的饕餮之腹。成吉思汗对“宽柔以教，不报无道”的中原文明能接受吗？两人之间不仅仅相隔着万里之遥的西行之路，胸襟如此悬殊的两个人，能否有论道的机缘还是未知数。

丘处机明白，成吉思汗平定西域之后，必来攻打南宋、金和西夏，这三个国家根本不是他的对手。到时候天下必定生灵涂炭，整个中原地区将会变成人间地狱。这个时候的丘处机以拯救天下为己任，他把个人的安危置之度外，他的心中已经没有了民族、宗教和国家的界线，道家的济世情怀就是他西行的原动力！

“我之帝所临河上，欲罢干戈致太平。”丘处机的这一选择决定了全真教的命运，未来无法预知，路只有走下去才能看到前途……

这位全真道士用他的坚定信念和博大的胸怀抒写了一部可歌可泣的民族拯救史。于是就有了今天这部为世人所称颂的不朽巨著——《长春真人西游记》。

《长春真人西游记》

一、作者李志常

李志常（1193 ~ 1256），字浩然，号真常子，道号通玄大师，观城（河南范县）人。他少年时受过良好的儒家教育，有较高的文化素养。1218 年入道拜丘处机为师，得到丘处机的赏识。

元太祖十五年（1220）西行传法，李志常是十八位随行弟子中的一员。李志常随丘处机一同西行，真实完备地记录了沿途地理地貌、风物人情，他撰写的《长春真人西游记》为后人研究十三世纪西域的历史地理提供了宝贵的资料。

然而这本不可多得的游记写成之后，经历了元、明两代，一直到了清朝中叶，五百多年来竟然销声匿迹，不为人知。

二、孙锡的评价

孙锡（此人曾为该书作序）曾经这样评价过这本书："门人李志常，从行者也，掇其所历而为之记。凡山川道里之险易，水土风气之差殊，与夫衣服饮食百果草木禽虫之别，粲然靡不毕载，目之曰'西游'……夫以四海之大，万物之广，耳目未接，虽有大智，犹不能遍知而心识也，况四海之外者乎？"

"（丘处机）之是西行也，崎岖数万里之远际，不为不厚，然劳惫亦甚矣。所至辄徜徉容与，以乐山水之胜，赋诗谈笑，视死生若寒暑，于其胸中，曾不蒂芥。非有道者，能如是乎？"

三、雪藏了五百多年的历史重见天日

清乾隆六十年（1795），清代著名的大学者钱大昕和段玉裁二人在苏州元妙观（元妙观，清代之前为玄妙观，为避康熙帝玄烨名讳，改为"圆"，又名元妙观，民国后又恢复“玄妙观”旧称。）游玩，查阅《道藏》时发现了《长春真人西游记》这本书。钱大昕大为惊异，如获至宝。旋即抄录，尔后此书才为世人知晓。钱大昕还为这本书写了跋。

“《长春真人西游记》二卷，其弟子李志常所编，于西域道里风俗，多可资考证者，而世鲜传本，予始从《道藏》钞得之。村俗小说，演唐玄奘故事，亦称《西游记》，乃明人所作。萧山毛大可据《辍耕录》以为出处机之手，真郢书燕说矣。”——钱大昕

四、王国维的评价

王国维为《长春真人西游记》作注。王国维称赞这本书“文采斐然。其为是记，文约事尽。求之外典，惟释家《慈恩传》可与抗衡。三洞之中，未当有是作也。”

五、与《马黎诺里游记》互为印证

元朝末年，来中国的罗马教皇使者马黎诺里也写了一本游记，即《马黎诺里游记》。他是应元顺帝之请，由教皇派出的最后一位出使中国的使节。这本游记写完之后就被束之高阁，无人问津了。过了四五百年之后才被学者发现重现于世。与《长春真人西游记》不同的是，《马黎诺里游记》由西方向东方而来。丘处机和马黎诺里行走的方向正好相反，不过他们的游记倒是可以互为印证的。

六、第一个勘查西行之路的人——徐松

最初实地考证《长春真人西游记》的人是清朝的一个名叫徐松的学者。他被清朝政府贬到新疆，在那里做官，他对西域的地理和风俗很感兴趣。1822年，徐松读了《长春真人西游记》，亲自考证了自金山到阿里马这段路程。民国四年（1916）杭州人丁谦写了《长春真人西游记地理考证》。

七、第一个重走西行之路的全真道士——彭琏

誓志苦修的彭琏道长一直行走在求道的大路上，出家以后翻阅了《长春真

人西游记》，为祖师的功德和胸怀所感化，于是就有了重走丘处机西行之路的心愿。2011 年 12 月 22 日，迎着凛冽的寒风，背着简单的行囊，怀揣着践行大道的夙愿，他沿着先贤的足迹踏上了漫长的西行之路，这一去就是 21 个月。一路上他在用自己的脚步丈量着祖师的足迹，用一颗朴素的心在感悟着大道的仁慈与博大。

八、《长春真人西游记》在海外的影响

1866 年，俄罗斯驻北京总主教帕雷狄斯把《长春真人西游记》这本书翻译成俄文。第二年法国人鲍梯又把这本书翻译成法文，但他翻译这本书的时候，许多地方依据《海国图志》，错误的地方很多。1887 年这本书被翻译成英文。1931 年英国著名汉学家威礼（Arthur Waley）重新将此书英译出版，题为《一个道士的行记：在成吉思汗召唤下长春真人从中国到兴都库什山的旅程》。在日本则有岩村忍的日译本。

《元史·丘处机传》

摘自《元史·卷二十二·列传第八十九·释卷》

丘处机，登州栖霞人，自号长春子。儿时，有相者谓其异日当为神仙宗伯。

年十九，为全真学于宁海之昆仑山，与马钰、谭处端、刘处玄、王处一、郝大通、孙不二同师重阳王真人。重阳一见处机，大器之。金、宋之季，俱遣使来召，不赴。

岁己卯（1219），太祖自乃蛮命近臣札八儿、刘仲禄持诏求之。处机一日忽语其徒，使促装。曰："天使来召我，我当往。"

翌日，二人者至，处机乃与弟子十有八人同往见焉。明年，宿留山北，先驰表谢，拳拳以止杀为劝。

又明年，趣使再至，乃发抚州，经数十国，为地万有余里。盖蹀血战场，避寇叛域，绝粮沙漠，自昆仑历四载而始达雪山。

常马行深雪中，马上举策试之，未及积雪之半。既见，太祖大悦，赐食、设庐帐甚饬。

太祖时方西征，日事攻战，处机每言欲一天下者，必在乎不嗜杀人。及问为治之方，则对以敬天爱民为本。

问长生久视之道，则告以清心寡欲为要。太祖深契其言，曰："天锡仙翁，以寤朕志。"命左右书之，且以训诸子焉。于是锡之虎符，副以玺书，不斥其名，惟曰"神仙"。

一日雷震，太祖以问，处机对曰："雷，天威也。人罪莫大于不孝，不孝则不顺乎天，故天威震动以警之。似闻境内不孝者多，陛下宜明天威，以导有众。"太祖从之。

岁癸未，太祖大猎于东山，马踣。处机请曰：“天道好生，陛下春秋高，数畋猎，非宜。”太祖为罢猎者久之。时国兵践蹂中原，河南、北尤甚，民罹俘戮，无所逃命。处机还燕，使其徒持牒招求于战伐之余，由是为人奴者得复为良，与滨死而得更生者，毋虑二三万人。中州人至今称道之。

岁乙酉（1225），荧惑犯尾，其占在燕（今河北），处机祷之，果退舍。丁亥（1227），又为旱祷，期以三日雨，当名瑞应，已而亦验。有旨改赐宫名曰长春（今白云观），且遣使劳问，制若曰：“朕常念神仙，神仙毋忘朕也。”

六月（二十一日），浴于东溪。越二日（二十三日），天大雷雨，太液池岸北水入东湖，声闻数里，鱼鳖尽去，池遂涸，而北口高岸亦崩。处机叹曰：“山其摧乎，池其涸乎，吾将与之俱乎！”（七月九日）遂卒，年八十。其徒尹志平等世奉玺书袭掌其教，至大间加赐金印。